とある科学の超電磁砲
レールガン
鎌池和馬
イラスト／
はいむらきよたか
冬川 基
近木野中哉
山路 新
乃木康仁
舘津テト
如月南極
JN068152
illustration：はいむらきよたか

illustration : 冬川 基

illustration：近木野中哉

CRE
PE
Illustration：山路 新

illustration：乃木康仁

illustration：舘津テト

illustration：如月南極

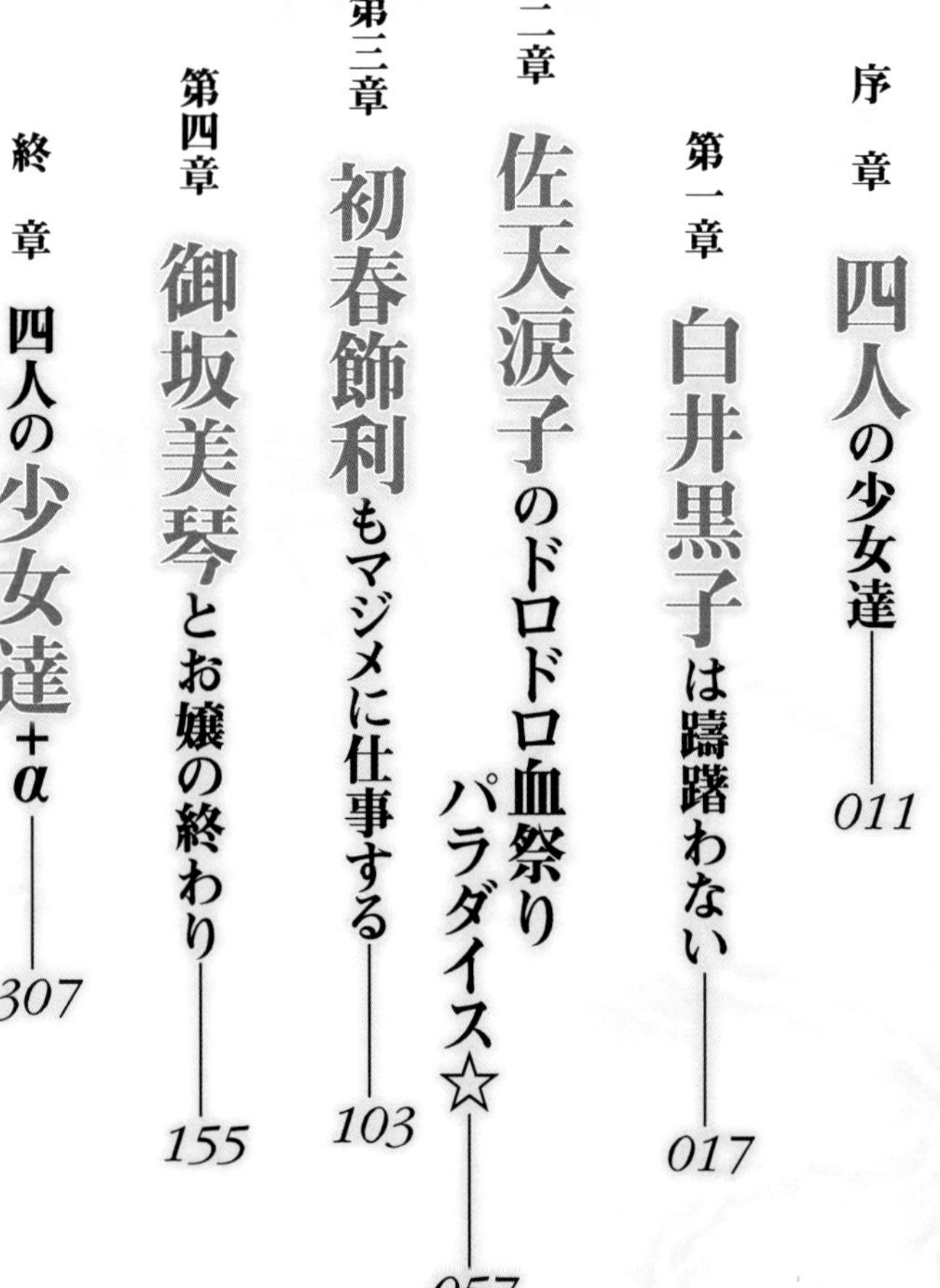



Designed by Hirokazu Watanabe (2725 Inc.)

# とある科学の超電磁砲
レールガン

鎌池和馬

イラスト
はいむらきよたか、冬川 基、近木野中哉、山路 新、乃木康仁、舘津テト、如月南極

デザイン・渡邊宏一（2725 Inc.）

# 序章　四人の少女達

「おっと御坂さん、こっちですこっちー」

　思わず席から立ってぶんぶんと手を振っているのは制服姿の佐天涙子だ。放課後の繁華街となるとこれくらいやらないと同じエリアにいてもお互いの顔なんか簡単に見失ってしまう。互いにスマホの通話で連絡を取り合っていてもこうなのだ、昔の人はどうやって街中で待ち合わせとかしていたのだろう？

「ひゃー、二三〇万人もいるんじゃ流石に人混みもすごいわよね」

「内一八〇万人はわたくし達と同じ学生ですものね。似たようなトコに集まるんでしょう」

　御坂美琴と白井黒子がそんな風に言い合いながら合流してくる。

　場所は第七学区どころか、どこにでもあるチェーン系の喫茶店の表にあるスペースだった。

　毎度毎度思うのだが、と思いつつ、頭に大量の花飾りをつけた女の子、初春飾利が口を開く。

「名門の常盤台中学でしょう？　こんな安い喫茶店なんかに立ち寄って大丈夫なんですか」

「え、何が？」

適当に言いながらフォークの先でベイクドチーズケーキを切り分けている御坂美琴がすでに異なる時空に飛んでいた。紅茶とセットで五八〇円だっていうのに、はるか彼方のベルサイユ宮殿っぽい香りが漂い始めている。

高級な茶葉にお嬢様粒子が封入されているのではない。

お嬢様のお気に入りとして選ばれたドリンクだからこそ光り輝くものなのだ。

「(……流石は名門常盤台中学のエース様、お菓子の袋に低確率でこっそり入ってるハートや星のクッキーよりレアな人だぞ)」

「(はふう、本物のお嬢様……。それも学園都市でも七人しかいない超能力者の第三位ですもんねえ)」

そんな風にこそこそ言い合う一般人二人組には気づかずに、美琴は美琴でトレイの底に敷いてあるぬいぐるみ系が集まるイベントの広告のチラシを愛おしげに畳んで回収していた。どうもカエルのマスコットに心を奪われている真っ最中らしい。

「むー、イベントがあるのは有明の展示場かあ。流石にこっそりは出かけられないわよね」

「……お姉様が言うとウルトラ笑えないのでよしてくださいな」

「あーもー、同じ東京で暮らしているとは思えん環境だ」

ここは東京西部にある学園都市。『外』と比べて二、三〇年ほどテクノロジーが進んだこの街では、超能力開発すら当たり前のものとして授業の中に組み込まれている。そのおかげで、街全体が分厚い壁で覆われているのだが。

「警備員(アンチスキル)のお世話になるのだけは勘弁してくださいましね」

「ま、確かに捕まるなら先生達の組織より生徒で作る風紀委員(ジャッジメント)の方がまだマシかなあ」

「お姉様」

声のトーンが一段低くなった。

いざとなれば大能力(レベル4)『空間移動(テレポート)』を全力使用してでも取り押さえる、と正義の人の顔に書いてあった。

学園都市(がくえんとし)はこういうレベルで独自性を保っている。日本国内でありながら警察も自衛隊も存在しない不思議な空間、それがこの街だ。東京の三分の一ほどの面積に文字通り多くの学校を抱える学園都市(がくえんとし)だが、全ての生徒達は無能力者(レベル0)から超能力者(レベル5)までの六段階で評価される。

発電系最強で、指先(ゆびさき)で弾(はじ)いたコインを実に音速の三倍で発射する『超電磁砲(レールガン)』。

精神系最強で、人の心の分野でできない事はないとまで言われる『心理掌握(メンタルアウト)』。

エースにクイーン。

堂々たる一角、御坂美琴(みさかみこと)。

伝説だけならそこらじゅうに溢(あふ)れているが、その実態を知っている人は意外と少ない。

「ぬおー、ゲコ太ゲコ太ゲコ太……」

「まったくお姉様ときたら」

「ハッ⁉　……そうだ私が外に出て有明まで行けないなら、イベントの方を学園都市の中に呼び込めば良いんじゃない。ネット回線を経由して各種電子書類をちょちょいといじれば。これぞ天啓‼」

「目がマジですわよお姉様‼‼‼」

これは、そんな学園都市の物語。

より正確には、学園都市の日々を全力で生きていく『少女達』の物語だ。

# 第一章　白井黒子は躊躇わない

# 1

学園都市第七学区にある男子禁制のお嬢様学校密集エリア、『学舎の園』。

並より上である事が普通、という言葉の定義のおかしな世界だった。欧風に整えられた街並みはその細部まで安全性とセレブリティが高められており、出入りできる人の数に限りがあるというのにバッグやアクセサリーなどのブランドショップにも事欠かない。交通量の多い駅前の一等地で大勢の客を相手にするよりも、たった一人のお嬢様の『お気に入り』『御用達』になる方がグループ全体にとっての益になる、と判断されている訳だ。時間と空間の切り取られ方で言えば、パカパカという蹄の音と共に白馬の手綱を引いて車道脇をゆったりと歩いている女子中学生までいる始末だった。

中でも一等の名門校、常盤台中学。

しかし上流階級の間でも休み時間にウワサ話が飛び交うのは同じなのか、あるいはそういった人々こそ肩書きや評判を人並み以上に気にかけるのか。西洋風の校舎、その廊下ではこんな声がさざなみのように囁かれていた。

『あら、まあ、まあまあまあ☆　あれは白井黒子様ではございませんか。「風紀委員」としても突出した……』

『ホワイトスプリングホールディングスといえば全国規模のコンビニ、ドラッグストア、ショッピングセンターとカジュアル路線の怪物でしてよ』

『……第三位の超能力者、御坂美琴嬢専属の「露払い」なのでしょう？　まだ一年生なのに大躍進ですわね』

肩で風を切るとは、こういう事を言うのだろう。

とはいえ栗色の髪をツインテールにした少女からすれば、これもいつもの話だ。

(……まったく。他人のウワサを気にかけたところで己の実力が上昇する訳でもあるまいに、ですの)

故に、白井は周囲の話になど振り回されない。

休み時間の人混み。同じ制服を着ていても、その背中ははっきりと切り分けられている。

御坂美琴。

「おっねえっさまー……？」

遠くからそっと声をかけてみる。

反応なし、気づいていない。ならばこれはチャンスだ。白井黒子は廊下の人混みに紛れて舌なめずりすると、無音で大能力、『空間移動』を発動する。

背後から直接美琴へ覆い被さる程度の空中へと。

「おっねえっさまァあああああああああああああああああああああああああああああああああああああああああああああああああああああああああああああああああああああああああぁあああああああああああああああああああああああああああああんンンウ!!⁉??」

語尾が不自然に跳ね上がったのは高圧電流で体を貫かれたからだろう。白井黒子の体が空中二段ジャンプ的な明らかに不自然な軌道を描く。

御坂美琴は特に振り返らず、

「分かってた」

「ふふふ、これは以心伝心で相思相愛であると認識してもよろしいですか……？」

「地べたで這いつくばって痙攣しているっていうのに？　うつ伏せで、大の字に」

冷たい声だがこれもいつもの話。

そして白井黒子はこれくらいではめげない。

（……今日は夢の金曜日）

そうなのだ。

そういう話なのだ。

（そしてルームメイトのわたくしは土日の四八時間ずーっとお姉様と一緒！　共・同・生・活‼　うふふこの日のための準備は万全ですの。楽しいボードゲームから媚やkげふんちょっと不思議な海外の栄養ドリンクまで必殺のゴールインに向かうべくそれはそれは腕によりをかけた完全愛情計画を……）

「ねえ黒子」

「っ、はい⁉　な、何ですのお姉様？」

「なにキョドってんの？」

美琴は何にも気づいていない無防備な顔で首を傾げている。

どうやら学生寮の部屋のドアは外側からだろうが内側からだろうが白井黒子の許可がないと絶対開かない愛の密室仕様にこっそり改造してある事がバレた訳ではないようで、

「そういえばアレ知ってる？　フォレストライトのクーラーボックス。氷で冷やすんじゃなくて化学冷媒とデカいモーター使って冷やすって話だから、正確には手持ちの冷蔵庫って感じなんだろうけど」

「はあ。アウトドアグッズのメーカーでしたわよね？　壁に囲まれたハイテクな学園都市でキャンプ女子にでも覚醒める気ですのお姉様」

「あはは。あれあったら夜更かしとかかなり便利になるんじゃないって話よ。寮のご飯は美味しいけど決まった時間にしか出てこないから、冷蔵庫とか電子レンジとか、ああいうグッズは憧れちゃうわよねえ。デカい家電は隠し場所がないから一発で寮監にバレるんだけど」

「よふかし」

「でもこう、クーラーボックスサイズならさ、缶の冷たい紅茶でも取り出して。いやいや冷蔵庫ならショートケーキとかも保存しておけるでしょ？　もうやりたい放題！　消灯時間になったら水しか飲めないからもう寝ましょうみたいな窮屈生活にはおさらばって話。これぞ寮監への反乱よ!!　うー、週末とか眠れなくなっちゃうかも？」

（よ、夜という言葉に一切の邪気がない……。なんかもう、お姉様から後光が見える。余計な計画を企てている自分の矮小さがとんでもない事になっているんですけれどーっ？　ハッ!?）

ぶんぶんと白井は首を横に振った。

ほっこりムードにほだされてはならぬ!!　いつまでも『良い人』のままで足踏みするのか白井黒子オ!?

「ああそうそう」

「何ですのお姉様？」

「アンタ、ケータイのアカウントクラッシュしたんですって？　でもってまだ中のプロファイルの再設定に手間取ってるとか」

「は、はあ。どうもアレ契約キャリアのサービスカウンターまで顔を出さないといけない問題らしくて。外部のSNSメッセージは使えるので、ついつい後回しにしてしまいがちなんですのよね……。ええと、それが？」

「だから音信不通なアンタに風紀委員(ジャッジメント)の固法先輩(このりせんぱい)から伝言を頼まれていたのよ。つかSNSやってるなら何でフレンドにしてないの？」

何のための招待制サービスだと思っているのだ。固法(このり)とか初春(ういはる)とかリアルに顔を合わせる仕事仲間なんかネットの内輪に入れたら肩の力を抜いた自由なトークができなくなるからに決まっているのだが、キホン孤高でネットのコミュニティに全く興味がない（くせにどこでも自由に侵入できる）お姉様にはご理解いただけないらしい。

そして怪訝(けげん)な顔をしている場合ではなかった。

これは聞くべきではない話、一刻も早く美琴(みこと)の口を塞ぐのが唯一の正解だったのだ。せっかくの大義名分だってできたんだし、何だったら唇と唇で。むちゅーっと。

あとちょっとだけ勇気の足りなかった白井(しらい)に、にっこり笑顔で美琴(みこと)は告げる。

「アンタ格技(かくぎ)の練度下がってるんだって？　感謝しなさいよ、固法先輩(このりせんぱい)がこの週末をわざわざ全部潰して鍛え直してくれるみたいだから」

音が飛んだ。

光がふわっと広がって目の前の景色が消失した。

御坂美琴は伝えるだけ伝えるとあっさり立ち去ってしまう。白井には、愛しのお姉様が何と言って別れたのかももう聞こえていなかったが。

「……、」

そして白井黒子は世界に一人残された。

廊下の真ん中でそっと崩れ落ち、俯いたまま、無言で己の唇を噛む。生徒の波が左右に分かれ、中には遠巻きに心配そうに声を掛けてくれる女の子までいた。お淑やか満載のご親切さん達は、時には腫れ物扱いが一番キツい時もあるという事までは考えが及んでいないようだが。

このまま諦めるのか。今日は夢の金曜日、その先には待ちに待った土日。ドアも窓も密室改造し、土日の四八時間で起こり得るであろう状況を全てフローチャート化して流れを何度も何度も指差し確認して、ピンク色のガスだってセットした。だというのに謎のゲームマスター白井黒子はめくるめくパラダイスモードに挑戦する前からゲームオーバーなのか？　マジで？　物理的にマイクロ波という形で第六感を持っている『あの』超電磁砲・御坂美琴にバレないようにコツコツと、こっちが今日までどれだけ手間暇かけて準備してきたと思っているんだ⁉

とっくに結論は出ていた。

斜めに傾いた少女の唇から、ぼそっと一言こぼれた。

「……ヤッたるわ」

固法美偉(このりみい)。

あの究極最強メガネ巨乳を殺さねば、わたくしは先へと進めない……ッ!!

## 2

放課後である。

白井黒子(しらいくろこ)は『学舎の園(まなびやのその)』を出ると、徒歩で夕方の街を歩いていた。今日は金曜日で週末が待っているからか、繁華街へ向かう少年や少女達の足取りも軽い。

白井(しらい)としても放課後の人混みに流されてしまいたい。何としても。

(……さ、サボってぶっちぎっても学生寮に連絡が入るだけ。それではせっかくの愛と欲望の密室が台なしになってしまいますの、主にブチ切れた恐怖の寮監サマが強度を無視して外からドアを蹴破る格好で。くっ、ホームを舞台にしたのが仇(あだ)になりましたわ!!)

固法美偉(このりみい)からの連絡を阻止する、では結局巨乳メガネと戦う羽目になる。まして巨乳じゃないメガネの寮監を物理的に何とかする、というのは明らかな袋小路(ふくろこうじ)だ。そっちで対策を練ろうとしても永遠に答えは出ない。永遠ですって。日々の学校生活で出てきて良い単語かこれは？

そうなると今日、金曜日に一発で固法美偉を倒して自由を得るのが理想。無理でも土曜を予備日のクッションとして完全にケリをつける。そうすれば、愛しのお姉様と夢の日曜日愛のデスゲームが待っているッ!!

「はあ」

（……まったく。本来なら、常盤台生がこんな風にトコトコ街を歩いているのもおかしな話ではあるのですけれど。お姉様とか食蜂操祈とか、あの辺のてっぺんが学生バスの送迎を無視して勝手気ままに動き回るから基準がおかしくなっているような）

ヤツは同じ第七学区にある風紀委員系の訓練施設で待っているらしい。あのブレザーメガネめ、絶対に道場のど真ん中で腕を組んでの仁王立ちだ。鼻から息を吐いてやる気満々のパターンだ。考えなしに正攻法の格闘技で挑むのは『あの』白井黒子であってもちょっと怖い。ならどうする？　到着までまだ時間があるので、白井としては今の内に作戦を練っておきたい。

まずは基本的なところから全部洗っていこう。

（固法先輩……と、このわたくしに言わせるくらいなのですから、当然、それに相応しい実力を持っているのが厄介なんですのよね）

固法美偉は『風紀委員』の先輩格に当たる女子高生だ。

もちろん学校は違うが、同じ第七学区内で活動している事もあって顔を合わせる機会は多い。

すらりとした体躯にオトナの証みたいなおっぱい、ただ肩の辺りで切り揃えた艶やかな黒髪と理知的なメガネのおかげで見る者の印象は真面目な優等生寄りだ。実際印象通りに清く正しくお勉強もできるので、先生達の印象は悪くないはず。

ただ、白井黒子からすれば一番気になるのはここだ。

強能力、『透視能力』。

白井の『空間移動』の大能力より値が低いとはいっても、そもそも能力のジャンルが違うとこの手の数字はあまりあてにならない。そしてＥＳＰとＰＫというざっくりした超能力二元論はあまり学園都市では推奨されないのだが……この超感覚的知覚系というのは挑む側からするととことんやりにくいオモチャでもある。

物体を透かして見る能力。なるほど分かりやすい。

だから？

モノが透けるとは、具体的に『どう』見えるのだ。材質や厚み、液体や固体、一メートル先のコンクリ塀と一〇〇メートル先の紙切れはどっちが透けやすい、などなど得意や不得意は？　モノを透かして見ている時は手前にあるものは見えなくなるのか、半透明で把握はしているのか。その時すぐ手前を何かが横切ったら？　などなどなどなど……。

そういう細かい条件になるとサッパリだ。もちろん常日頃から固法と行動を共にし、凶悪犯の逮捕・補導の際は互いの背中を預け合う関係。固法の能力についてもある程度は本人から直接説明を受けている。けど、それは本当に全てなのか？　というか感覚的に、何となく分かってしまう人が改めて口から言葉に出して説明した内容にズレや洩れはないのか？

これが物理的な超電磁砲ならルールを把握して共有しやすい。一発見せてもらって、精密機器で計測して、スーパースローの映像を分析すればどれくらいの射程や威力でどこに逃げれば安全かはすぐ分かる。でも予知だの読心だの『能力者本人の頭の中でしか展開されない』超感覚系はとにかく外から見て凄さを測りにくいのだ。なのに、それは『確かに』ある。

チェスで考えてみよう。

互いに駒を並べて睨めっこ、一〇〇手先まで状況を読んで間違いのない駒を指したいのに、対戦相手の側に見た事もない駒が置いてある。こいつ、この戦隊モノのゴム人形がどう動くか、口で説明されてもいまいち理解できない。……この状況で必勝法なんて作れるか？　万全の布陣を固めたところで、たった一つの駒がいきなりチェス盤の端から逆サイドの端にワープしたら？　こいつ一個が予想外の動きをしただけで全部瓦解してしまう。

「……ふむ」

少し考え、白井黒子は一人で小さく頷いた。

『風紀委員』の訓練施設、市民体育館をちょっと豪華にしたようなハコモノまでやってきた。実際、薙刀や合気道の競技会場としても利用されていたはず。ゲート警備の大人に肩の腕章を見せて敷地内に踏み込み、第一格技道場は左折五〇メートル先です、という壁の案内板を目で

追いかけながら、

（未確定の駒のせいで定跡の構築ができない以上、長引けば長引くだけ誤差は大きく広がっていき、致命的な結果を招きかねませんわね）

だとすれば。

白井黒子（しらいくろこ）はゆっくりと息を吸って、吐いて、止めて、そして集中。

『空間移動（テレポート）』でもって虚空（こくう）に消える。

飛距離八一・五メートル、最大重量一三〇・七キログラム。

つまり五〇メートル先ならすでに移動可能圏内だ。

「シャるアアアア!!!!!!」

移動先は固法美偉（このりみい）の待ち構える第一格技道場（だいいちかくぎどうじょう）、畳敷きの空間のど真ん中。黒髪メガネはほんとに制服姿で腕を組んで仁王立ちしていやがった。その後頭部を狙う形で、後方上空四メートルの位置からドロップキックをお見舞いする白井黒子（しらいくろこ）。

予測不能な誤差の広がりが怖いのなら、小さな内に仕留めるのが最善。

つまり最速の速攻に限る。

「わたくしとお姉様の愛の週末デスゲームを邪魔する者は誰であれ許しませんわよおおおおおおおおおおおおおおおおおおおおおおおおおおおおおおおおおおおおおおおおおおおおおおおおおおおおおおおおおおおおおおおおおおおおおおおおおおおッッッ!!」

どぶらぐしゃめちゃどぶがくちゃーっ!!⁉??

そしてあまりの轟音に、屋内型の筋トレをしていた角刈りの八頭身モデルみたいなお姉さんや合気道の袴を擦り合わせて激しく乱取りしていた大和撫子達が思わず息を呑んで格技道場の中央に目をやった。

肩までかかる黒髪に、理知的なメガネ。

整ったブレザー制服にしわや汚れの一つも許さず、固法美偉はにっこり笑ってかかとにぐりっと力を込めていた。もちろん、ボッコボコにされた白井黒子の後頭部に優しくご褒美をくれてやるために。

笑顔のまま巨乳メガネはかく語りき。

「見えてた☆」

「あう、あぶ……?　そ、そうですの……」

未確定を確定に変えるべく、一つ分かった事を心にメモする。

……どうやら固法美偉の『透視能力』は、鉄筋コンクリの壁を貫いて五〇メートル先から無音で自分を狙う刺客を正確に捉える事ができるレベルらしい。

3

問答無用の奇襲作戦が失敗に終わると、（道場の真ん中で正座の猛省を促されながら）白井黒子は改めて正式にルールの説明を受けた。

＊戦闘期間は金、土、日の三日間とする。つまりタイムリミットは月曜日午前〇時。この間、白井黒子は公私の区別なくいつでも固法美偉に攻撃を仕掛けて構わない。また固法側から白井側へ先制攻撃を仕掛ける事はない。

＊白井黒子は固法美偉を一度でも拘束できれば勝利とする。つまり両手に支給装備の手錠をかければ目的達成。そのために必要な意識の途絶、関節の固定、急所の支配などの戦闘行為はその一切を許可する。

＊固法側は一定期間を耐えれば勝利となる。つまり何回白井黒子を迎撃しても、固法側からはタイムリミットまで戦闘訓練を終わらせる事はできない。

＊個人の力だけで戦う事。

＊能力や武器の使用に制限はないが、他民間人、財産、建造物などに被害を出してはならない。また戦闘時は風紀委員として道路交通法などの一般法令・条例等は遵守する事。

一通り全部終わると、黒髪巨乳メガネ先輩はこう仰られた。

「何か質問は？」

「……ガチ奇襲でも実力差を覆せなかった時点で、もうわたくしの勝ちの目はコンマの％単位も存在していないんじゃあ？」

「そんな事ないわ。始める前から諦めるなんてちょっと世の中を悟り過ぎよ中学生？」

うう〜、と。おあずけを喰らった犬みたいに低く唸る白井を見てメガネの先輩はにこにこ笑いながら、

「白井さん。あなたの『空間移動』はとにかく便利だけど、だからこそ、能力に頼み過ぎるきらいがあるわ。格闘についても能力前提で組み上げていない？　怪我や病気、閃光にガス。頭の中の演算を乱す原因なんていくらでもあるわ、現場で死にたくなかったらクセは直しておきなさい」

言うだけ言って、颯爽と道場から立ち去っていく固法美偉。

正座で項垂れたまま見送り、彼女がドアの向こうに消えたタイミングを狙って『空間移動』で何本か金属矢をぶち込んでみたが、やはり『手応え』はない。

「くそ〜……。相手は確実に背中を向けているはずですのに」

まさか能力を使っているから常時三六〇度全部見えている、なんて話ではないだろう。首を

振り、瞳孔を拡大縮小させているのだから通常の視界に依存した能力であるはずだ。

つまり壁やドアなどの遮蔽物を無視して対象を観察できるのはもちろんとして、もっと言えば、

(……巧みですわね。見るべきものを探す力が)

この点においては白井も認めざるを得なかった。

人より多くのものが見えるという事は、邪魔をしてくるハズレ情報も増えてしまうという意味でもある。言ってみれば、条件の絞り込みの甘い検索サイトのように。にも拘らず、固法はそうした自家生産の情報過多に翻弄されたりはしない。

朝のラッシュアワーでごった返す駅の人混みの中からたった一人、万引きなどの危険兆候を正確に察知して注目できる、そんな洞察力。それがあるから、固法美偉は単純な能力だけでなく『風紀委員』としての経験の厚みでもって見るべきものに注目する力を底上げしている。わざわざ振り返って確かめるまでもなく、白井黒子がすぐさま仕掛けてくると結論づけられる程度には。

ともあれだ。

「ぐぬー……。面倒極まりないですが、やりますかっ!!」

ヒュン！　と正座のまま白井黒子の体が虚空に消える。

次の瞬間には、すでに訓練施設の広々とした屋根の上に『空間移動』で転移を終えている。

固法美偉は間違いなく敵に回してはいけない強敵だ。だが、タイムリミットが決まっている以上はもたもたしていられない。むしろヤバい相手ほど時間は無駄にできないものだ。

（……こうしている今もお姉様との甘々の週末が一秒一秒削られていると思えば、速攻以外はありえませんの!!）

学園都市における対能力戦の基本は以下のように要約される。

一つ、まず自分の生存条件を確保する事。
二つ、安全な位置や条件を保ちつつ、相手の能力や痕跡を観察・分析する事。
三つ、手に入れた情報を基に自分の能力で相手を打破する方法を構築する事。

……もちろん実際には敵も味方も『そう簡単に条件を積み上げられないように』動く訳だから理想の形で手を進められるほど甘くはないのだが、あらかじめ一本の路線を知っておけば脱線した時の修正もしやすい。やはり基本というのは大切だ。

（そういう意味では……）

地上。建物の正面出口からメガネ女子が堂々と出てきた。先に道場から出たのは固法だが『空間移動』が使える白井だと『後を追う側が待ち伏せする』という逆転現象が起きる。白井は高い屋根の縁で静かに屈み込み、高い位置から先輩の頭のてっぺんを眺めて息を潜めつつ、

（自分からは襲わずに待つ。この時点で固法先輩は最初の一つ目を自分から放棄し、二つ目もどうぞご自由にというスタンスを取っている。……完璧にナメられていますわね。これだけ明け渡しておいて、最後の三つ目だけ阻止していればわたくしに勝てるとでも？）

複数の金属矢を収めた太股のベルトにそっと手を伸ばすと、固法美偉がぴたりと止まった。くるりと振り返り、こちらを見上げてにっこり微笑む。

「っ」

屈むだけでは危ない。クセで完全に身を伏せてから、『透視能力』相手に建物を遮蔽物にしても意味がないと白井は遅れて気づく。舌打ちして別のビルへ二つ三つと転移を繰り返すが、やはり固法の視線はこちらを追ってくる。

（壁一枚どころじゃないっ。間にビルを丸ごと挟んでも正確に『透視』してくる……っ!?）

薄っぺらな封筒の中に収めた写真を透視する、なんてレベルではない。この分だと閉じた百科事典の表紙もめくらず正確に一〇〇ページ目の記述を目で追えそうだ。

「それにしても……」

固法美偉の『透視能力』、早速気になる点が出てきた。

もちろんいきなり答えを得る必要はない。能力暴きはマス目に旗を立てて地雷を見つけるゲームのような感覚に近いからだ。まず外堀を埋める形で命懸けでクリックし、出てきた数字を見て、その並びから絶対触れてはならない地雷の手触りを確かめ、細部を詰めていく。そう考えると、いきなり一発で華麗に断定、はむしろドカンと吹っ飛ぶリスクの方が大きい。

『おー、風紀委員（ジャッジメント）の姉ちゃんだ。今帰り？』

『ムサシノ牛乳の人！』

『すごーい、みんなじょしこーせーと知り合いなんだー』

固法美偉（このりみい）、商店街を歩いているだけで近所の子供達から声を掛けられている。暗くなる前に早く寮に帰りなさい、の関係で小さな子達と顔見知りになってしまうのは風紀委員（ジャッジメント）なら誰でも通る道か。白井黒子（しらいくろこ）も公園の近くを歩くとああいう目に遭うし。

（……あれ、見た目はほっこりしているんですけれど、尾行や張り込みの時は結構ヤバい事になるんですのよね）

大人の先生達から言わせれば、そもそも学生の風紀委員（ジャッジメント）が街中で勝手に尾行なんかするな、という話になりかねないが。

どうせ固法側（このりがわ）から奇襲してくる展開はないのだ。見つかっているのは承知で、ツインテールの少女は屋根伝いで夕方の商店街を歩く固法（このり）を追っていく。通りを挟んで右に左にビルの屋根に飛び移ると、やはり固法（このり）はこちらを見上げて笑顔で手まで振ってくる。

「くそうー馬鹿にしやがってですの……おや？」

と、固法（このり）がすいっと目を逸（そ）らした。

なんかメガネ先輩の空気感が気まずそうだ。

こちらは常に高所にいるのだから、ぱんつでも見られたのかもしれない。

……何となくだが、『透視能力』は真面目な人とは相性が悪い気がしてきた。不純と不真面目を（何故か正義の心と特に矛盾する事もなく）極めてしまった白井からすれば羨ましい事この上ない能力ではあるのだが。

ぽつっと、鼻の頭にきた。

気がつけば頭上の空模様が怪しくなっている。白井が『空間移動』で建物の屋根から地上にあるアーケード下へ逃げ込むと、人混みの向こう、視界の先にいる固法も小走りになっていた。途中で見かけた銭湯に後ろ髪を引かれまくっているようだが、帰宅を優先したとなるとどうやら傘は持ってきていないらしい。

雨に降られる危険を考えたからだろう、先輩女子は寄り道しないでこのまま学生寮に帰るようだ（白井からすればちょっと羨ましい）。最新のお洒落なマンション的な建物に吸い込まれていく。白井も、誰でも入れるエントランスまで向かってみる。

「ふむ」

前にも一度訪ねた事はあるが、だからこそうろ覚えが怖い。とはいえここにいても固法の部屋は特定できないし、脇の管理人室を漁るのは流石にアレだ。が、白井はちょっと考えを変えて地下フロアへ向かう。そこにあるのは巨大な駐輪場だ。

案外、こういうのも部屋の並びに準拠しているものだ。そして自転車にはお店の購入登録がある。でもってトドメに『風紀委員』の装備ならこの手の数字は人名に変換できる。一応これも先輩命令の『公務』だ、白井は携帯電話を眺めつつ、

(出てきたっ。固法美偉の登録番号は38A5172……と。あら？)

　地下の駐輪場を歩いて固法の駐輪スペースを見つけると、予想に反して思ったよりもデカいバイクがあった。メーカー純正ではなく、わざわざ大型モデルのフレームからエンジンだけ積み替えて排気量を削減する事で、一八歳以下でも乗り回せるようにカスタマイズされている。

　ともあれ部屋は分かった、これで監視対象の窓も確定だ。さらに駐輪場の並び、隣にある電動アシスト自転車を見る限り同じ部屋にルームメイトがいるらしいのが分かる。

(人質作戦は……ううん、ダメか。他民間人を襲うのはアウト、くらいなら同じ風紀委員はギリギリセーフかもしれませんけれど。それ以前に、あっちもあっちで得体が知れませんし)

　そもそも固法美偉と肩を並べるルームメイトだ。この人はこの人で底が知れない感じがして怖い。余計に手を広げて十字砲火を浴びるくらいなら、素直に固法一人に徹するべきだろう。

　地上に出ると、すでに陽は暮れて夜になっていた。

　今回は『一瞬の読み合いで即死』ではなく、ある程度の長期戦が許されている。白井は近くの(実家のホールディングスが経営している)コンビニでアンパンと牛乳を買うと、学生寮向かいのビルの非常階段へ『空間移動』で静かに転移する事に。

「あむ」

（……新商品は一応アタリ評価かしら？　あんこの味を阻害しない形でこっそり緑黄色野菜のペーストを練り込んであるからこれ一個で必要な栄養素は全部賄える張り込み専用アンパン）

問題は、合法的に張り込みが許される職業があまりにも少ない事かもしれないが。ストーカー関係の法律が整備されると『公務』とは呼べない探偵業まで巻き込まれるらしいという話をたまに聞くし。なので『報道』名目の抜け道を活用するべく、学園都市(がくえんとし)の探偵さんはフリーの記者やカメラマンという肩書きを持っているケースも珍しくない。ようはああ言えばこう言うだ。

「ムサシノ牛乳。固法先輩(このりせんぱい)がやたらと執着しておりましたが……」

本当は双眼鏡が欲しいところだが、流石(さすが)にコンビニでは手に入らない。ひとまず携帯電話のレンズを向け、ズーム機能で画面を目一杯引き延ばしてみる。

いきなり固法美偉(このりみい)と目が合った。

「……、」

やはり。

向かいのビルとはいっても三〇〇メートルは離れている。しかも日没、大都会の夜景の中。野外ステージのアイドルライブなら相手の表情を見るだけで双眼鏡必至となる距離なのに、ルームメイトの少女と一緒にビーチチェアや電熱式のバーベキューセットを引っ張り出して優雅にベランピングを楽しむメガネ女子の固法(このり)は、例のムサシノ牛乳片手に正確にこちらを見据えてくるのだ。やっぱり普通ではない。

(どういう理屈でわたくしの金属矢を容易く回避してくるのかと思ったら……)

だとすると、だ。

半ば呆れたようにハイテクな画面から目を離し、白井はストローでパックの牛乳を一口飲みつつ、

(……塵や埃、あるいは空気そのものを『透視』する事で、わずかな光の屈折や減衰がもたらす誤差を消し去っている。完全純粋視界。歪みのない正確な空間を把握できるから、固法先輩はとにかく誤差のない回避ができる、と)

普段、何気なく撮ったスマホやケータイの写真を見て『色味がおかしい』と感じる事はないだろうか。ただし、これは必ずしも設定ミスやスペック不足とは限らない。実際のところ人間が何となく見ている景色は結構歪んでいるものなのだ。大気中の水分や温度差による光の減衰・歪曲はもちろん、光が細い隙間を通れば回折が起きるし、壁に当たった光は反射するのだから太陽は一つでも複数方向から同時に光が飛び込んで合成されるケースだってある。朝と夕方で大空の色が違うのはどうして？　別に誰かが時計を見て天空一面をペンキで塗り替えている訳ではない、あれだって光の屈折や波長の吸収によって説明がつく自然現象だ。

だが、そうした風景の歪みも固法にだけは通じない。何故なら『透視』はあらゆる障害物を無視して己の視界を確保する能力、という大前提があるからだ。固法美偉は誤差のないありの

ままの世界を捉える事ができる。だから彼女は絶対に間違えない。

完全純粋視界。

白井の見ている一ミリと固法の見ている一ミリは、文字通り精度と価値が違う。

（……固法先輩は日頃からメガネを掛けているんですから、元の視力に能力が引きずられていると嬉しいんですけれど）

これは白井側の予測……ではなく希望であって、外から客観的に検証なんかできない。というか、透視能力を使った指示出しの時は、結構遠くにあるものを指差してあれこれ叫んでいたような……？　常に能力に頼らないのは手前の障害物にぶつかって危ないから、とか？

だとすると、こいつは予想以上に厄介だ。本来なら人間の視力には限界がある。空気そのものが光を少しずつ減衰させていくのだから、鮮明に見える距離にも限りが出てくるからだ。なのに、空気の存在を無視して己の視界を確保する固法に距離の減衰は通用しない。おそらく今のままではたとえ一キロ以上離れても固法の追尾からは逃げられない。しかも屋内や地下などの遮蔽物を活用しても、ある程度の厚さまでは『透視』が通用してしまうはずだ。

「五キロの壁……いわゆる地平線の向こうまでは見えない、と信じたいところではありますけれど」

地球は貫けないというのも白井側の勝手な要求であって、まだ具体的な検証の済んでいない案件だ。すがるには早い。しかも固法側が電波塔などの高所に上ってしまえば地平線までの距離は変わるから、不可視の壁があっても容易く破られる。

　今回はまだ『訓練』だが、これが実戦なら固法側が武器を使ってはいけないなんてルールは特にない。あの透視能力にもしも飛び道具……それこそ、例えば鏃に音響兵器をくりつけたアーチェリーやバカみたいな射程距離を誇る対物ライフルまで併用し、息を潜めてこちらへ奇襲してきたら……？

「ほんっと……つくづく『襲う側』に最適の闇討ちヤンキー能力ですわね」

　思わず呟いたら三〇〇メートル先からメガネ女子に睨まれた。どうやら唇の動きでも察知されたらしい。壁やドアは素通りで、しかも距離を取っても丸見え。これでは『死角を探してこっそり奇襲』という手は考えるだけ無駄なようだ。わざわざこちらから相手の土俵に上がって得する展開はない。

　そもそも根本的に固法美偉相手に奇襲という選択肢自体が間違っているのでは？

　しかし道場でも証明されたように、ただ馬鹿正直に真正面から戦いを挑んで勝てる相手でもない。固法は『透視能力』だけでなく、地力の逮捕術の腕でも一流なのだ。

　透視を使わせない、実力を発揮させない。

　……これではまだ足りない。固法美偉と対峙するからこそ生じる特殊な環境や条件が、まだまだ全部先輩女子の味方をしている。

　ここを崩さないといけない。対能力戦では勝てない。むしろ、今回限りの諸々の環境や条件全体が固法にとって不利になるようなセッティングをしなくては。

雪山の寒さに耐えるためにもこもこ着膨れする程度では、相手の世界に呑まれている。

雪崩を起こして巻き込むのはこちらの方だと言えなければ。

「……、」

白井黒子は非常階段の手すりに体を預け、ストローで牛乳を一口。静かに考える。

だとすると。

## 4

途中、何度か場所を変えて、白井黒子は固法美偉の学生寮を監視し続けた。

そのまま夜明けを迎える。

深夜の二時か三時に襲撃の誘惑に駆られたが、白井は我慢に徹した。寝込みを襲うのは基本だが、相手がそこを警戒していないはずがない。気になるのはルームメイトの存在だ。部屋の窓やドアにセンサーをつけるくらいなら『空間移動』で音もなく突破できるが、同じ寝室で友達に頼んで数時間おきに交互に見張りの番を担当でもされたら奇襲の優位性は消えてなくなる。

そして実際にそうなった。

（……つまり）

朝焼け、新聞配達の原チャリやジョギング女子が動き始める時間帯になっていた。

白い息を吐いて白井黒子は両手で包むようにして缶の紅茶を掴みながら考える。もっと素晴らしい味になりました！　というお決まりの文句がついたリニューアル缶ははっきり言って最低ランクの改悪になっていたが、寒空の下で指先を温めるのには都合が良い。

（逆に言えば、ルームメイトすらご一緒できないような機会を狙えば何とかなる訳で）

午前六時ジャストだった。

せっかくの土曜日、休日だというのに規則正しい事だ。不純極まりない目的で空けていた土日を丸ごと潰されかねない白井側としてはたまったものではないが。

ともあれ、白井黒子はこのタイミングで動く。

優等生のメガネ女子、固法美偉がいつものルーチンに乗っかった、最初の一手。


つまりは朝風呂真っ最中のバスルームへと『空間移動』で突撃したのだ。


多分、見えてはいただろう。

その上でまさか迷わず突っ込んでくるとは思っていなかったらしい。珍しく、あの固法美偉が（素っ裸でシャワー中に）狼狽えた声を放ってきた。

「げっ！　ああ、白井さん⁉　このタイミングで襲うとかデリカシー偏差値ゼロか⁉」

「ふはは‼　お風呂の時にもメガネは外さない派でしたのねえっちなメガネの人固法先輩。そしてデリカシーまわりならお化粧室を狙わなかっただけ感謝をしてほしいものですわねえッッッ‼‼‼」

余裕の消えた手負いの女子会は大抵ひどい言葉が飛び交うものである。

ビュバン‼　と重たい何かが空気を叩く音が炸裂した。

この状況で即座に壁のタオル掛けから濡れたタオルを掴み、鞭のように手首のスナップを利かせた固法美偉はむしろ恐るべき戦闘バカだろう。ありふれたタオルでも水を吸えば重くなる。まともに顔へもらっていれば白井は鼻の頭どころか首の骨まで軽くヤッていたかもしれない。

だがずぶ濡れのまま、白井黒子は腰を低く落として顔への一撃をかわす。

魅惑のお姉様御坂美琴と触れ合えないという極限の欲求不満がツインテールの肉体を強引に動かした……訳ではない。固法側も気づいているのだろう、悔しそうな声が洩れる。

「くっ‼」

「どうしました？　使うのは手首のスナップだけ。全体重を掛けて思い切り、とはいかないようでございますけれど‼」

「っ、これだから狭いバスルームって嫌なのよ‼　おうちに銭湯を作りたい‼」

腰を落とした体勢から、そのまま一気に巨乳先輩のおへその辺り目がけて体当たりを仕掛ける白井黒子。床のコンディションは白井も一緒だが、それでも土足で踏み締めている分だけこちらの方が有利だ。体当たりそのものは固法の膝で顔面へ迎撃が入るが、気に留めない。額で受け、白井はずぶ濡れになったまま手を泳がせ、湯気でいっぱいになったバスルームでひたすらお湯を撒き散らすシャワーホースを奪い取る。

やはり固法は、足が滑るせいで腰が引けている。

本来の威力なら、そもそも今の膝、その一発で即死しない方がおかしいのだ。

固法美偉が本気を出したら誰にも勝てない。なるほどごもっとも、ならば本気を出したら自滅する環境や条件を整えてやれば良い。

バスルームは狭い。よって存分に手足を振り回すためのスペースは確保しにくい。

しかもタイルの床にウレタンのマットを敷いている訳だから、濡れた裸足ではよく滑る。

固法側は後ろへ下がろうにも、バスタブの縁に足を乗せるしかない状況だ。

「……『透視能力』を使うあなたを相手に、見つからないように行動する、という考え方がそもそも間違っていたのです」

知っている者は知らない者より有利に立てる。奇襲はする方がされた方より得をする。考えるまでもない事だからこそ、人は疑問を持たず、だからこそそんな固定観念から永遠に脱する事ができない。

でも改めて立ち向かえ。ここの発想を変えなければ、誰も固法美偉には勝てない。

つまり、

「たとえ見られても状況を変えられないという条件を整える!!」

制服をずぶ濡れにしたまま、白井黒子は笑う。

シャワーホースを摑んだまま足で蛇口を蹴り、温度設定を一気に跳ね上げる。固法がいかに『透視能力』を駆使して完全回避を実現しようが、扇状に広がって狭い空間全体を埋めてしまう熱湯は避けようがない。

「ちいっ!! それなら!!」

「まさかこんなものでおしまいとは思っていませんわよね?」

熱湯は脅威だが、分厚い壁にはならない。つまり体一つで突き破れる。己の不利を悟れば、固法はダメージ覚悟で真正面から体当たりを仕掛けてくるだろう。確かにそれが一番の正解だ。

だからこれは、本命にはならない。

つまりそいつは別にある。

「あるいはもっと踏み込み、いっそ見てしまった方が不利になるものを突きつける!!」

バヂィ!! と。

白井黒子が逆の手で炸裂させたのは、携帯電話のフラッシュだった。

浴室全体が綿菓子みたいな真っ白の分厚い湯気で覆われていても、強烈な閃光に対して目を守る遮蔽物としては弱い。そして『透視』を使ってしまった場合、固法はもろに閃光を浴びる羽目になる。

「きゃああッ!!」

「分厚い雲の下、屋根伝いで商店街を移動している時、常に地上からこちらの位置を正確に捕捉しているはずのあなたが何度か不自然にわたくしの方を見ない事がありましたわね」

目潰しの効果は一瞬だ。

だからその間に白井(しらい)はシャワーホースを振り回して、固法(このり)の首に巻きつける。

見られても避けられない状況を、確定させる。

「つまりは雲の中の雷。分厚い雨雲や空気による光の減衰が一切ないあなたの場合、透視能力(クレアボヤンス)使用時に直接見上げるのは自殺行為なんでしょうけれどね!!」

次の一撃がトドメになった。

太いホースを飼い犬のリードみたいに思い切り引いて固法(このり)の首を手前に引きつつ、全体重をかけて半ば前へ倒れ込むような格好で先輩女子の顔のド真ん中へ容赦なく己の肘を叩(たた)き込(こ)む。

## 5

そして白井黒子(しらいくろこ)はリビングで正座させられていた。

ツインテールも制服もびっちょびちょで、派手な下着とか全部透けている。

「……あの、固法先輩？」

「なに？」

予備のメガネに掛け直している人は何だか不機嫌そうだった。

メガネ女子の顔の真ん中に全力の打撃を一発お見舞いする、という極限のやらかしをしてしまった後輩は恐る恐るといった感じで、

「確か勝負に勝ったら週末は自由にお休みできる報酬っつーか休日とは言葉の通り本来勝ち負けに関係なく誰でも休めるもんだろのはずなのに、わたくしは何故こんな事に……？」

「訓練中は学園都市の各種条例をきちんと守りましょうって最初に言わなかった？　住居不法侵入!!」

顔を真っ赤にして真面目なメガネ女子は叫んでいたが、同室のルームメイトは気楽にけらけら笑っているだけだ。

そしてどんな形だろうが勝利は勝利。

固法は見た目だけなら怒っているが、勝敗まで覆しての没収試合は流石に大人気ないという自覚があるのだろう。言葉以上にゲンコツなどが飛んでくる事はない。

勝ったのだ。

勝って自由を獲得してしまったのだ、白井黒子というケダモノは！

もう誰にも彼女を止める事は敵わない!!

（これで邪魔する者はもういない。さあさあ待っていてくださいましねお姉様……。どぅるはは‼　一〇八の素敵なトラップが待ち受ける完全密室ＤＩＹ夢のサバイバルラブルームがわたくしとお姉様を待っているぅーっっっ‼‼‼）

　ぼたたっ、と何かがこぼれた。

　膝の上に落ちた色彩は赤かった。

「あ、あら？　白井さん、ちょっと待って鼻血が出ているんだけど。それも猛烈な勢いで‼」

「いいえお気になさらず。これはちょっと形にできない頭の中の妄想がエキサイティングし過ぎただけで……」

　と、なんか長い髪のルームメイトが何か疑うような瞳をメガネ女子に向けて、

「美偉、あなたこの子に何したの？」

「ああ、やっぱりさっき顔の真ん中に膝を入れたのがまずい事になっているんじゃあ……」

「そりゃダメだわ。美偉の膝は体重差三倍の筋肉マッチョでも一撃ＫＯする最終兵器だって自覚を持ちなさいよ。ほら我流の総合系を極めてストリートの殺人マシンに化けたあいつとか、ステロイドの使用がバレて角界追放された相撲系のそいつとか」

　……このカタブツ巨乳先輩の過去は一体何がどうなっているのだ？　だんだん本気で心配になってくる白井黒子だったが、そこで先輩方の矛先がこっちに向いた。

　ていうか変な焦りの笑みが浮かんでいる。

「し、白井さん。今からちょっと病院へ行きましょう？　今日は土曜日だけど午前中なら診てくれる所はあるでしょうし」

「ちょ、まっ、お気になさらずと言っているでしょう!?　これは怪我とかじゃなくて、どこにでもあるありふれた健全でスケベな妄想でございます!!」

「美偉……。これは救急車呼びましょうか？　ちょっと言動がおかしな事になっているし、この子、脳のお加減が物理的に心配だもの」

「しれっと無礼を極めておりますわね謎のルームメイト!?」

## 6

消えた。

逃げ出した。

やる事はやったのだからこれ以上付き合う義理なんかない。そして『空間移動』を舐めないでいただきたい。頭の中の演算さえ邪魔されなければ、どんな状況であっても白井黒子を拘束しておく事など不可能なのだ。

向かう先は一つ。

誰が何と言おうが固法美偉は倒した。金曜の夜は使ってしまったが、土曜と日曜はこっちのものだ。

「ふ、ふふふ」

もう誰にも邪魔させない。

大丈夫。

ついてる。追い風が背中を押してくれている。何か巨大な運命的なものが白井黒子を呼んでいる。愛の力は無限大なのだ。今ならたとえ航空燃料がたっぷり詰まったタンクローリーとか真正面から突っ込んできたって普通に両手で受け止められる!!　これぞ天啓、少女はもう神がかっている。今日こそ絶対にゴールインできる。そんな確信で胸が満たされて仕方がない。そして少女は会得した。そう、これがパワー。極彩色の愛ィいいい……ッッッ!!!!!!

「うへへ待っていてくださいませお姉様もはや誰にもわたくしを止める事ができませんわああああああああああああああああああああああああああああああああああああああああああああああああああああああああああああああああああああああああああ!!!!!!」

……………………………………

「ほう白井。寮の門限をぶっちぎったばかりか正面から朝帰りとは随分余裕だな？」

……………………………………

……………………………………。

「あの」

「遺言か？」

「寮監サマ。何がどうなってこんな仕打ちに結びついたのでしょう？？？」

「それは大変ユニークな遺言だ、墓には刻んでやるから心配するな」

待ってほしい。

ちょっと待ってほしい!!

今の今まで不眠不休でこっちはやりたくもない風紀委員(ジャッジメント)の活動をずっとやっていたというのに、何でラスボスを倒した後にこんなとんでもねえドM仕様なダウンロード専売凶悪シークレットボスの寮監サマが仁王立ちで待っているというのだ!?　何だ、今日の星占いはどうなっている？　これはもう物理最強メガネが立ち塞がる呪いでもかかっているとでもいうのか!!!??

そして白井黒子(しらいくろこ)は己のポケットに意識を集めた。

より正確には携帯電話。

「しっ、しまったア!?　そういえばアカウントクラッシュしたまま放(ほう)ったらかし……。ふぬお、寮監からの最後の警告メールが受信もできずに放置されていたとでもいうんですのお!?」

「寝言は良(い)いから事実だけ見ろ白井(しらい)」

寮監のメガネが輝いていた。

これはダメだ、『空間移動(テレポート)』があっても逃げられない。

能力など一切ない。それでもあらゆる常盤台生(ときわだいせい)が恐怖を抑えきれない究極のモンスターの輪郭が大きく膨らんでいく。そんな幻覚さえ見える。

最後にこうあった。

「お前はここで終わりだ」

「それが教育者の口から出てくる台詞(せりふ)ですのおッッッ!!!???」

# 第二章 佐天涙子のドロドロ血祭りパラダイス☆

# 1

佐天涙子は中学一年生の女の子だ。

趣味は流行の追っかけ。中にはウワサの蒐集や、もっと言えばおどろおどろしい都市伝説も含まれる。本人的には『他人の不幸は蜜の味』という訳ではないし、都市伝説といっても全部が全部血みどろホラーという話でもない。例えばケセランパサランなどは『ふわふわした白い毛玉みたいな生き物で、手に入ると幸福になる』というだけだ。なので佐天的には善悪分け隔てなくウワサを集めているに過ぎないのだが、ただアンテナ感度については少々モラルが欠けている自覚くらいはある。

能力については公式判定で無能力。

これは諸々心理的に乗り越えたつもりだが、コンプレックスが完全になくなってしまったらそれはそれで伸び代はなくなってしまうものなんだろうか？

きんこーん、という自由な放課後を伝えるチャイムが鳴り響く中、だ。

見た目は明るくても内面に色々抱えた最先端の黒髪女子は、そんな事はおくびにも出さずに友人の待つ扉を大きく開け放つ。

風紀委員活動第一七七支部である。

「うっいはるーん☆　ここにいるかーい？」

声に出してみたが返事はなかった。

電気は点いているしエアコンも稼働しているから、一時的に席を外しているだけなのだろう。中には事件資料などもあるのだから、そもそも部外者が鍵もなく開けられるドアではない。

佐天は右に左に視線を振ってから、

「おー……。いないなら、こいつが使えるかにゃ？」

スカートのポケットから取り出したのは、小さくて透明な袋だ。中に入っているのは口紅よりも赤い粉末。

『映画撮影で使うプロ仕様の血糊の作り方』という動画が流行っていた。黒豆サイダーとかケチャップとか、一〇〇均やディスカウントストアで揃う日用品だけで作れるのが特徴で、イタズラ動画の良い材料になっているらしい。イマドキ女子な佐天的には悪趣味な血糊そのものよりも『動画の流行らせ方』の方に興味があったのだが、まあ試してみたくなるのも人情だ。

誰でも簡単に作れて粉末状で長期保存が可能、使う時は水で戻し電子レンジに入れるだけ。

何に使うかはさておいて、確かに便利そうなのは事実だ。

「さて、と。水をカップで計量してー、赤い粉と一緒によくかき混ぜたら電子レンジに入れてー、うわ業務用の一五〇〇ワットかよ、それなら時間は四〇秒にセットしてーっと……」

誰かにイタズラを仕掛ける時、つい独り言や鼻歌が出てしまうのは『冗談』という意識を強める事で無意識の罪悪感を消し去りたいからだ、という余計な豆知識はさておいて、だ。

「できたっ！」

マグカップの中に、生温かいどろっとした赤黒い液体が満たされていた。

色や質感はもちろん、鉄錆(てつさび)の匂いがすごい。考えなしに強く息を吸い込むとそのまま眩暈(めまい)を感じそうなくらいそっくりだ。黒豆サイダーと、デンプンと、いちごおでんと、ケチャップや絵の具と、あと色々。横に倒したスマホの簡易ゴーグルでも遊べるＶＲ系手作り動画の説明によると、本物の血液同様に空気に触れてから一五分前後で乾いて硬化し、雑巾で適当に拭き取った後にルミノール試薬を噴きつけるとしっかり青白い光が浮かび上がる本格仕様なのだとか。あんまりにもリアルなものだから、本物の血液と見分けがつかなくなって警備員(アンチスキル)や風紀委員(ジャッジメント)が動き出した時などイタズラじゃ済まなくなった勘違い案件のために、わざと『本物の血液とは明らかに違う成分』まで添加しているらしい。

何しろ赤黒いどろどろの液体だ。

マグカップのままその辺に置いても相当サイコホラーな画(え)になる。真っ赤なマグカップの縁に髪の毛でも二、三本張りつけておけば後からやってきた初春はその場で尻餅つくくらいびっくりするだろうが、それではまだ足りない。佐天はコンビニ弁当にテープで貼ってあるお醤油くらいのサイズ感の小さなビニール袋をいくつか取り出し、作った血糊を分けて流し込むと、制服の内側に手を突っ込んでいく。本来ならお醤油でもソースでもお好みの調味料を入れてから、熱で口に封をする仕組み。ここ最近の一〇〇均はほんとに何でも揃っているものだ。

「あちちっ……。ここと、ここと、後は髪の中にも仕込んでおくか」

これがバレたら元も子もないので、いらなくなったマグカップやスプーンは給湯スペースのＡＩロボット化された食器洗浄機に突っ込んでおく。それから佐天は辺りを見回した。包丁とか果物ナイフなんかの刃物系はイタズラにしてもちょっと怖いので、できれば鈍器系が良い。

近くの壁に何か立てかけてあった。黒い合成樹脂系。

「へえー、なにこれ?」

佐天は長くてずっしりした棒を手に取った。具体的には竹刀と同じかもうちょっとあるくらいで、教室の掃除を真面目にやらない人にとっては半ば遊び道具となりつつあるホウキやモップより中がぎっしりな印象だ。こう、すりこぎをそのままながーく伸ばしたような? 側面に警杖と書いてあるが、漢字の扱いは全部機械に丸投げという子には読み方なんてサッパリだった。けいづえ、ではないっぽいが。

スマホでちょっと検索してみると、

「……けいじょう。警棒のでっかい版って感じか」

人を叩いて捕まえる道具、で間違いなさそうだ。特殊警棒と違って伸び縮みしないので支部の出入り口で仁王立ちならともかく、持ち歩くのはちょっと大変そうだが。本当に歩哨や巡回で使うのか、あるいは訓練用として置いてあるのかまでは読めない。

グリップ近くにあった表示を見て佐天は目を丸くした。ポリヒドロキシ酪酸系合成樹脂。つまりちょっと意識高い系のミネラルウォーターのペットボトルとかにも使われている生分解性プラスチックだ。動画サイトの隙間隙間に挟まる広告動画でそう言ってたのを覚えている。

「へえー、今はこんなのも自然に還るエコな素材を使ってるんだ。時代だねえ」

とにかくこれがちょうど良い。

手に取るとなんかしっくりくるし。やっぱり武器は長めの鈍器に限る。

ぴこんとデスクトップのパソコンが電子音を発した。薄っぺらな液晶画面を見ると、どうやら初春のケータイの位置情報と連動しているらしい。もうすぐお友達はここへやってくる。

佐天涙子は胸の真ん中に掌を当て、深く息を吸って、吐いた。

支部のドアが開いた。

「ぐわははは初春ちょいと血みどろサスペンス劇場の謎の若女将気分になーれっ!!」

「ぎゃああ何ですかいきなり地球の終わりッッッ!!⁉⁇」

ゴキッ!! ごどんっっっ!!!!!!

一際鈍い音が響き渡ったと思ったら、支部全体の空気が凍りついた。

まあ無理もない、佐天涙子は両手を挙げて初春へいきなり襲いかかり、『わざと』揉み合いになって警杖を自分の頭に軽くぶつけて床の上へ倒れ込んだからだ。こう、棒切れみたいな感じで横倒しに。

部屋には頭の上にお花をいっぱい乗っけた初春飾利の荒い吐息の音だけが残された。

「はっ、はあー……ッ!! はああー……ッッッ!!」

内心でしめしめと思いつつ、ここはいったん無視。

ぺたぺたぺた、と震える手でおでこや首筋に何か貼りつけられた。どうも体温計や血圧計をまとめたものっぽい。スマートウォッチのようにコンディションを確認し、必要ならＡＥＤやアドレナリンを突っ込むパーソナル医療キットだ。

佐天は横倒しのまんま、白目を剝いて痙攣してみる。動画サイトの変顔文化も色んな所で役に立つものだ。それから痙攣の身じろぎのどさくさに紛れて体をひねり、髪の中に仕込んだ小袋を床と頭で挟んで割る。生きているとバレたらアレなので、どさくさに紛れてお弁当箱くらいの小箱のスイッチを切るのも忘れずに。

じんわりと、赤黒い液体が床に滲み出てくる。

（……んむー、口から泡とか噴いておいた方が派手だったかな？　でも炭酸水くらいじゃリアルっぽくないしなあ）

考えながら手足の震えを止める。

ずっと白目モードだと目玉が乾いて仕方がないので、佐天は適当なタイミングでしれっと両目も瞑っておく。目の前が真っ暗になってしまい初春の慌てふためく顔が見えなくなってしまうが、背に腹は代えられない。バレてしまっては元も子もないのだ。

佐天涙子、完全に死亡。

『さっ、佐天さん？　ちょっと待ってください佐天さん、これって一体何なんですか⁉』

（まあーこんな感じかな？　くっくっくっ、初春がケータイ取って救急車を呼ぼうとしたら起き上がろう。がばっとな！　まだまだこんなものじゃ済まさんよ、ゾンビモード佐天さんが二段構えで初春を飛び上がらせてあげるからねっ‼）

そんな風に思っていた。

目を瞑っていた訳だから、横倒しのままの佐天には何も見えていなかった。

だから、ただその声色だけが彼女の耳に滑り込んできた。

「はあ……」

とにかく初春飾利は至近でこう呟いたのだ。

「……ま、死んでしまったのならいつまでもこうしてはいられません。壁で囲まれた学園都市じゃ死体を埋めたり沈めたりしても安全は確保できないんですから、いつもの方法で四九キロ分の人肉をテキパキ消していかないと」

…………………………………………………………………………

…………………………………………………………………………

…………………………………………………………………………んう？

横倒しになったまま、佐天涙子は動けなかった。

いつもの？　テキパキ処理？？？

（て、てててていうか、なに、なんでこんなに冷静？）

特に望んでもいないのに倒れた少女は自家生産の金縛りモードに突入していく。

（あうっ、そうか『定温保存』……。確か初春の能力は手で触れたものの温度を一定に保つ、だっけか。嘘お、まさか自分の体温をエアコンか何かで調整してそのままキープする事でテンションのブレを殺しているって話!?）

極度に興奮すると体温が上がる。厳密な数値や研究結果を知らずとも、経験だけなら小さな子供でも分かる現象だ。

では、逆に『強制的に』温度を一定に保つ能力があったら？

（えと、でも何でそんな物騒な使い方に慣れてんの……？）

「……、」

理解しがたい状況への突入によって、佐天の中で体の信号のやり取りがバグでも起こしたらしい。床に投げ出したままの手足はもちろん、瞼や唇さえ己の意思で動かす事ができなくなる。

「こんな事なら『前』に使った機材は処分するんじゃなかったな……。一人も二人も手間は同じなんだから、ついでにコレもぐしゃっと潰せたら手間が省けたのに」

何だ？

それにしたって何なのだこの状況は!?　『前』って何よッ!?

「『前』の洗剤はまだ余っていましたよね……。あれもこれも。血、汗、唾液、涙、後は絨毯裏にまで染みた時はこれ！　固法先輩の『透視能力』対策にはずばーん！　カーボクリーンで完璧です!!　あー、水や浮力を操る能力があったらもっと簡単なんだけどナー？」

本当にすぐそこに立ってこちらを見下ろしているのは初春飾利なのか。特殊メイクで顔を変えた別人とか、頭のアレに体を乗っ取られているとかではなく!!!??

（う、ういはるかざり。逆さに読むとなんか別の意味とか出てきたっけ？　ソウブンゼとかタレサマダとか）

これはこじれたらヤバい話だ。

冗談が冗談で通じる間に、さっさと身を起こして謝った方が良い。

佐天涙子は決断した。確かに自分の意思で決めたのだ。

そうして瞼を開ける三秒前の出来事だった。

「いやあーそれにしても参りましたっ☆」

びくっ!! と自分の肩が震えていないか心配で仕方がない佐天。

恐ろしいほど清々しい声で初春は一人、こう呟いたのだ。

イタズラを仕掛ける時に独り言や鼻歌が多くなるのは、『冗談』の色を強くして無自覚な罪悪感を薄めるための心理的防御、だったか。

「……『こんな事』、何度も何度もやらかしているなんて外部に知られたら、それだけで死体の数が増えてしまいますからねえ。今さらうっそーとか言い出したら、ここでもう一回念入りに佐天さんを殺さなくちゃならないところでしたし」

うっそー、の『う』の口になったまま、佐天の唇からは何も出ない。

(違うもん逆さに読んだらとか何度も読んだらとか生易しいのじゃねえ、こいつ名前オチの都市伝説で言ったらヒサルキとかそっち系かッ⁉)

瞼だって開かない。

金縛りの密度みたいなものが、二回りくらい分厚くなるのが自分で分かる。

(と)

意図して呼吸を静かにする努力が必要だった。そういえば汗とか大丈夫なのか。心臓は勝手に暴れているけど、この音は向こうに聞こえていないだろうか？

（とりあえずあたしの体重は四九キロではない訳だが、これはもうにこにこ笑顔の初春さんから訂正のご許可をいただけそうな感じじゃない……ッ⁉）

バレてはいけない。

佐天涙子がまだ生きていると同室のモンスターに気取られてはならない。

しかしいつまでもこのままだと、お肉の処分が始まってしまう。

その前に何とかして初春飾利の目を盗み、支部から外に逃げ出さないと、手慣れた感じで人体一体分の質量がゴリゴリと消されてしまう……っ‼

2

行ったり来たり、時折床で横倒しの佐天涙子の体をまたぐように移動したり。足音は音色だけではない、わずかに床を軋ませる重みの存在感がすごい。

こっちは目を瞑ったままなので、余計に想像力が働いておっかない。

初春飾利の動きで部屋の空気が揺らぐだけで、佐天はもう目尻から涙が浮かびかねない。だけどそんな事をやってしまったら、まだ生きている痕跡を初春に目撃されたら、それだけでジ・エンドだ。

出られない。部屋から外に出られない。隙間女というよりも、どっちかというとベッドの下の斧男的な騙し合いになってきた。

幸い、初春は呼吸や脈拍を測る素振りは見せなかった。

手持ちのパーソナル医療キットで雑に計測して後は放ったらかし。応急手当てや心肺蘇生といった希望を込めた足掻き的な行動も一切してくれない。

もう最初から死んでいる前提だし、何があっても迅速に消し去る方向らしい。

とすとすとす、と足音の重みが佐天から遠ざかった。しかし部屋の中には人の気配は残留している。目を閉じたままだと怖いが、薄目を開けてバレるのも怖い。今の音だってこちらを試しているだけかもしれない。薄目を開けた瞬間、すぐ隣に寝そべる初春の顔とばっちり目が合ったらどうしよう……？　佐天涙子の背中一面で、気持ちの悪い汗がぶわっと噴き出る。

都市伝説豆知識なんていざという時には役に立たないものだ。自作のくねくね体操を踊っても初春飾利の精神がぶっ壊れる訳じゃなさそうだし。

動くべきか、留まるべきか。

というか、ここで佐天がいくら悩んだってそもそも絶対の正解なんてないだろう。あるのは当人の選択だけだ。

そしてこういう時、流行を追いかけてウワサにうるさい佐天涙子は情報収集して安心を得ようとしたがる。

決断は一つだった。

「くっ……」

渾身の力を込めて、ゆっくりと己の瞼をこじ開けていく。

実際には一ミリあったかどうかも分からん薄目だが、佐天にとっては自分の筋肉を引き千切るほどの決意があった。

横倒しになった視界。

まずほっぺたを押しつけた床が自己主張をしてくる。他に見えるのはスチール製の机がいくつかと戸棚、それから部屋の壁。残念な事に、出入り口のドアは見えない。視界に捉えるためには身をひねる必要があるが、

（まずいっ、流石に自殺行為だ……）

ぐちゃり、という粘ついた液体の感触が側頭部から伝わってきた。

血糊のパックを自分で潰しているのだ。下手に身じろぎすると、雑にモップをかけたように赤い跡が床に残ってしまう。そしてそうなった場合、元の姿勢に戻ったって初春の見ていない時に佐天の体が動いた事は隠しようがなくなる。

でもって人は、本当に心を不安に支配されると当たり前の前提こそ信じられなくなってしまう。自分の記憶すら疑ってかかる羽目になるのだ。

つまり、である。

（あれ……？　部屋のドアってどうなっていたっけ。鍵とか）

お腹が痛くなってきた。

だけど今は両手で胃袋の辺りを押さえる訳にもいかない。

例えばロックは壁に掌を押しつけるパネル式だっけ？　あるいは駅の事務室やオフィスの出入り口にあるような後付け式のナンバーロック？　ああもう！　よくよく思い浮かべようとするとどうなっているのかぼやけてくる!?

というか、

（鍵がかかっているかいないかで、外に出るまでの時間が変わっちゃうじゃん！　内鍵は比較的簡単に開く仕組みだとしても、この状況だとドアに飛びついて金具をひねって鍵を開けるまでの三秒すら惜しいっ。あれ、あれ、あれれ？　初春がドアを開けた瞬間に飛びかかったんだから鍵は開いたままのはず。そのはずなんだけど、あれ？　初春は木刀サイズの警杖とかいうの持っているんだよ。ドアの前で鍵がどうとかモタモタしている間に投げつけられたらどうすんのっ、頭の後ろとか狙って!!）

その初春はこちらに背を向け、何やらスチール製のデスクに向かっていた。椅子に座るでもなく、突っ立ったままパソコンを操作している。おかげで液晶画面は佐天からでも見えそうだ。明日の犠牲者の一覧とか載ってたら超怖いが。とはいえ、まさかこの状況で風紀委員の書類仕事や連絡事項を処理しているとは思えないが……。でも一方で、アリバイ作りとか難しそうな話をするためにわざと通常運転をしている可能性も？　もう何が何だか、だ。頭の中でぐるぐる回って正解が見えない。なんか今の初春は何を見てもちょっと前に流行った心理学系のヤバい人診断の問題集に思えてくる。

佐天涙子はそんな風に考えていた。

全然甘かった。

「メンテ中で組み立て前の風力発電の内部ユニットに死体を詰め込むやり方も便利だったんですけどねー。気づかれなければ一八時間くらいぐりぐりごりごり回転運動で潰し続ける事によって、人体くらい髪も骨も肉も臓器もない完全ペースト状態にできたのに」

「……、」

「なのにうっかり死体を作り過ぎて警備員さんにマークされちゃうんですもんなー。まあ良いタイミングでしたし、次の方法を組み上げますか」

初春は楽しげにぶつくさ言っている。

明日の犠牲者どころじゃねえ。

ていうか多分あれ、画面に映っているのは風紀委員とかのお役所関係じゃない。おそらくだけど、工作系の動画で頻繁にオススメされている、相当特殊な通販サイトだ。

「一三歳の質量くらいなら学園都市の清掃ロボットをちょちょいとカスタマイズすれば十分だったはず、と。人間なんてゴリゴリ潰して小さな筒に押し込めば意外と残らず入っちゃうものですしね☆」

テレビの放送終了後にちょっとえっちな映像が流れ出すどころじゃねえ!?

初春はむしろ楽しげな調子でパソコンを操作しながら、

「清掃ロボットは中古ならネットで購入できるから、この辺りで即決かなー？」

「……、」

「……人間くらい全方向から押して潰して清掃ロボットの中に丸ごと詰めちゃえば違和感なんて分かりませんし、後はゴミ処理関係の溶鉱炉にでもぶち込めば一丁上がり、と。うーっ。リサイクル活動に熱心な学園都市はこういう所が助かりますっ☆」

「ッッッ!!⁉⁇」

まったく、自分が向かう末路なんて断片であっても聞き取るべきじゃない。このまま進んだらなんかもう口裂け女やひきこさんの犠牲者より悲惨な死に方になりそうだ。

万に一つも、脱出で手間取る訳にはいかない。

事を起こす前に、ドアまでの距離や施錠の状況は知っておきたい。

でもさっきも言った通り身をひねって血糊をべったり引きずる訳にはいかない。

だとすると、

（すっ、スマホ……）

スカートのポケット、そのわずかな重みが妙な存在感を放ってきた。

（そうだスマホがあればっ！　体全体をひねらなくても、腕だけ振ってドアのある方を撮影すれば血糊を引きずらないで確認ができるは

ヴィーっ!!　ヴィヴヴィーっっっ!!

止まった。

佐天の心臓が止まった。冗談抜きに口から魂が半分飛び出た。

当たり前の話は、だからこそ足場を崩されると一気に不安になる。だから佐天は心の中で何度も確認に努めた。そう。本来、マナーモードは周囲に音を鳴らさず着信を知らせる技術だったはずだ。そうでなければおかしいではないか。

（だっていうのにとにかくうるせぇッ!!　あっ、ああ。気づかれる……。初春の首がこっち向く、うわあこっちに歩いてくるう!?）

どうすれば良い？　ここから何か正解の選択肢とかあんのか!?　頼めば何でも答えてくれるこっくりさんとかさとるくんでもビビって様子見を決め込むんじゃないか、この状況ッッッ!!!!!!

とっさに出てくる豆知識がもうおかしかった。もっと真面目にお勉強しよう、と頭の引き出しが偏りまくった都市伝説マニアはこっそり猛省する。反省も何もバレたらここで人生終わり

だが。

無言、であった。

デスクトップのパソコンまわりから再びこちらへ歩いてきた初春は、首を傾げ、そこで佐天は目を瞑ってしまったため先の事は知りようがない。怖い怖すぎる、もう耳たぶにあるピアスの白い糸とか自分で引っ張ってしまいたい。ただ布の擦れる音が聞こえたから、初春は身を屈めたのではないだろうか。

ぱんっ、と。

軽く、腰の横を掌か何かで叩かれた。

反応したらおしまいだ。目を閉じて必死で震えを殺す佐天だが、対して初春側の声は場違いなくらい呑気なものだった。

「あっ、しまった。素手で触っちゃいました。これじゃあ指紋が……」

「……、」

指紋。

端的に、自分の置かれた状況を再確認させてくれる不穏なワードだ。

「ま、どうせ全部消えてなくなるんだから構いませんか。永久に。残留思念の方も、ロボット使ってカーボクリーンで繰り返し磨けば読み取り不能になりますからね。こう、コンピュータを処分する前に何十回もランダム高速の書き込みしてハードディスクを潰していく感じで」

あっさりしすぎだ。

手慣れている感じが逆に怖かった。

とにかく太股の外側をまさぐられ、佐天のスカートのポケットから硬い感触が抜き取られた。そのまましばし沈黙。怖い、自分の心臓の音がもうおっかない。初春が念話能力とか精神操作とかできなくて良かった。お互い低レベルのバカで助かった‼　おそらく初春は取り出した佐天のスマホをじっと眺めているはずだ。いやでも、それ以外のところ……例えばこっちの顔色そのものを窺っていたらどうしよう……？

ややあって、呟きがあった。

恐ろしく冷たい。

「……位置情報系はどうしようかな？」

頭になかった言葉だ。

佐天の中でちょっと希望が見えてくるが、

「ここ数時間分のログをササッと消しておけば、授業中に電源を切ってそれっきり、っていう風に見えるかもですけど……」

一撃で潰える。

この手での分野で初春を出し抜くのは根本的に無理なのかもしれない。

（もうこの一七七支部、表に黄色い〈！〉の標識でもつけとけっ‼）

初春のぶつぶつ声と一緒に、ことっ、と佐天のすぐ近くの床に硬い音と震動があった。初春はスマホを取り上げるでもなく、余計な証拠品は全部死体の傍にまとめておく事にしたらしい。後になってからどこに何を置いたのかを忘れて、『お掃除洩れ』がないようにしたいのだろう。

大丈夫。

まだ終わっていない。

文明の利器は手を伸ばせば届く場所に残されている。

とすとすとす、という軽めの足音が再び佐天から離れていった。自分だけの暗闇の中、カチカチというマウスのクリック音が聞こえてくるのを耳でしっかりと確認してから、佐天は再びゆっくりと薄目を開けていく。

「それじゃあ中古の清掃ロボットを一つ、と。学校コードを偽装して、空き教室の清掃名目で仕入れて、バイク便……じゃ微妙に厳しいか。トラックとかで運んでもらって……」

初春はパソコンの画面に向かっていた。

スマホは床の上、鼻先に置いてある。

何より、初春は佐天に背を向けている。デスクトップパソコンの大きな液晶画面で通販サイトの注文リストを確認しているのは、横倒しの佐天からでも分かる。大丈夫、今ならバレない。改めて、佐天涙子はフリーの片腕を動かす。スマホは鼻先だが、指先を一〇センチ動かすだけで寿命を一年以上削りそうだ。

怖い。

メチャクチャ怖い。

パソコンの画面は鏡のように背後の景色を反射しないだろうか。本当に何の理由もなく、初春が何かの拍子でこちらへ振り返ったら？　確定なんて何もない。分かっているのは、ここはレールの上だという事。考えなしに動くのは危ないけど、かといって何もしなければスケジュールの通りに列車がやってきて佐天は轢き潰されてしまうだけだ。上半身だけでその辺這い回る凍った踏切の伝説になりたくなければとにかく行動だ。

動け。

逃げろ、少しずつでも確実に。

この一ミリ一ミリの動きは決して無駄にならない。

（取っ……た！）

スマホの四角い角を、鉤状に曲げた人差し指で引っ掛ける。そのまま手繰り寄せて親指に力を込め、指先で摘まみ上げる。

もう誤魔化せない。

ここまできたらスピード勝負だ。スマホに目をやるとパスロック前の待ち受けに白井黒子から着信報告が表示されていた。さっきのはた迷惑な振動音はこれか。反射で舌打ちしかかって慌てて呑み込み、佐天はスマホの操作に徹する。

緊急連絡とカメラについてはパスロックを解除しなくても直で使える。

「……、」

緊急連絡。

一一〇だか一一九だかの誘惑が佐天の胸に突き刺さるが、待て。

待った。

多分連絡を入れても学園都市の治安を守る警備員がすぐさま飛んでくる訳ではない。この静けさだ。人の声や身じろぎどころか、エアコンのそよ風の音さえ胸に強く響く無の空間である。初春飾利の手で完全に支配された事件現場だっていうのに、事件ですか？　それとも事故ですか？　こんな問答がスピーカーから呑気に流れてきたら初春は絶対に気づく。ていうか最悪、一番近い部署に捜索要請が入るとしたら、この一七七支部へ連絡が飛んでくるのではないだろうか？　通報者の氏名は佐天涙子、年齢一三歳で身長は一五〇センチ以下、特徴は長い黒髪に緑がかった黒い瞳、三五億年に一人のウルトラ美少女、情報は以上。『書庫』登録の顔写真等を参考にして、目視による現場の確認と要救助者の確保よろしく。……こいつを初春飾利本人に聞かせると？？？

（ああっもう！　ていうか何で通話でヒアリングなんて古い方法いつまでも使っているんだよう。通報ボタンを押したら位置情報サービス参考にしてすぐさま完全武装の警備員が飛んでくる仕組みにすれば良いじゃん、イマドキはタクシーアプリとか自転車使った宅配バイトとかだ

って細かい数字入力なんかしなくても指先のタップ一つでやってくるっていうのに……ッ‼)

安易だけど飛びつけない。

緊急連絡。大人に頼る。

これはやってしまった後に何を選んでも行き止まりにしか辿り着けない、罠の入り口だ。

無計画に脱線してもリカバリーが利かなくなるだけ。佐天は意思の力を総動員して誘惑を振り切り、当初の予定通りカメラの方のアイコンを指先でタップする。見慣れたカメラ画面に涙を浮かべそうになる。当たり前って素晴らしい。シャッター音は特殊な設定で切ってあるので心配ない。

腕をあらぬ方向に向ける。

大雑把だけど、とりあえずドアの方だ。

後は親指を使って撮影ボタンを押せば良い。何千回、何万回と押してきたボタンだ。いちいち身をひねって画面の表示を見なくても、これくらいなら勘だけで何とかなる。

(とりあえず、ドアまでの距離と施錠の有無……。これだけでも確定が欲しい)

ぐっ、と。

息を止めて佐天は覚悟を決める。

(それが分かれば脱出までの時間が分かる。どれくらい初春が隙を見せたらゴーサインか、自分でその判断を下せるようになる……っ‼)

押せ。

親指で押し込めば、生存への道が開けるのだ。

ようやく運が向いてきた。無理にでもそう考えて、佐天涙子は親指に力を込める。

結果、だ。

ズバヂィ!!!!!!　と。

カメラのフラッシュが真っ白な光で部屋を埋め尽くした。

## 3

出た。

もう半分とかじゃない、佐天涙子の口から完全にまん丸の魂がこんにちはした。

(ばっ)

演技ではなく、だ。

普通に白目を剝きながら横倒しの佐天は心の中で吼える。

(ばかばかばかばかばかばかばかーっっっ!!!??　そっ、それは確かに設定画面は見ていなかったけど。フラッシュ設定のオンオフとかいちいち見てないけど！　オート設定で部屋の暗さを感知して勝手にばっちり輝きますか高輝度ＬＥＤストロボおッ!?）

しかしいくら嘆いたところで時間は巻き戻らない。

当然、だ。

「……、」

初春飾利だって今の閃光は流石に気づいただろう。いやもう、分厚いアイマスクをしっかりつけて椅子の上で仮眠を取っているとかの例外もなく普通にこれをスルーされたら逆に怖い。佐天は慌ててスマホを手放して腕を元の位置に戻す。が、もちろんそんな程度で初春側からの疑惑を払拭する事などできはしない。というか、逆にどんなミラクルが発生したら初春の頭の中で今のフラッシュと佐天の関与を結びつけない展開がやってくるというのだ、これ？

もう両目を瞑って成り行きを見守るしかない。

とすとすとす、と。

床を踏む足音がこちらに近づいてくる。ゆっくりと。ぎりぎりと皮の軋むような音が混じっているのは、掌が痛くなるくらい強く警杖を摑んでいるからか。ていうか『定温保存』、もしや火事場の馬鹿力状態の体温を強制的に保つ事で筋肉のリミッターとか切れる系？　いやもうそれ低能力者なのか本当に!?　真っ暗だと怖い。だけど情報好きの佐天にも分かる。今、迂闊に目を開けたらおしまいだ。

（あっ、あぶ。あびゃばぶぶばびゃばぶ）

何もできない。

もう、だ。ここまでどん詰まりになったら両目をカッと開いていちかばちか初春に飛びかかってみるのも一つの選択肢かもしれないが、佐天には行動に移すだけの勇気が足りない。少しでも勇気をかき集めるために、佐天は楽しかった思い出を浮かべようとした。

感情のコントロールは大切だ。

(あんなスカートもこんなぱんつも、初春はいつだって容易くあたしの掌の上で踊って。昨日も可愛らしい水玉で、あははうふふ)

「……、」

佐天はちょっと落ち込んだ。だから殺されるのかもしれない。

逃げられる香りがしなかった。

なんていうか実際に激突する前から優劣が決まってしまう見えない力、分厚い壁みたいな圧、暴力パワーが違い過ぎる。むしろ今日の初春は何でこんなに神がかっているのだ？　普段は後ろから制服のスカートをめくられても気づかないくらいぽやぽやしているのに!!

ドッドッドッドッドッ!!　と、とにかく心臓がうるさい。

これはもう単純に物理的にどうこうなんて話じゃない。場の空気とか雰囲気とか、目には見えない得体のしれない重みが全部初春に味方している。そんな確信があるのだ。アレは支配者。この切り取られた四角い部屋の中にいる限り、無粋な人間のいかなる抵抗をも殴打一つで封殺する小さな神だ。ただしその神様の定義は、（最先端の流行にうるさい佐天が何気に大切にしている）お守りに力を込めてくれる神社の神様なんかとは大分形が違う邪神系のようだが。

両目を閉じたまま、佐天はひたすら耐えるしかない。

「佐天さん……」

ぽつりときた。

初春飾利の声には体温がなかった。

これは、名前を呼ばれても返事をしてはダメなヤツだ。都市伝説で言ったら赤マントとか八尺様とかの、呼びかけに応じたらその瞬間に魂を持っていかれる系なのだ。魂とか何とか、いよいよ作戦会議の前提からしておかしくなってきている気もするが。

（あっ、あう。まさかこれこの頭に血が上る感じも『定温保存』？　ヤバい四二度ギリギリの状態で強制的に固められたらあたしこのまま内側から殺されるんじゃ。いやいや流石に被害妄想、すでに死んでると思ってるなら初春側だってそういう攻撃はしてこないはず。あれ？　正しいのってどっち？　どっちよ⁉）

自分の心臓の管理は自分ではできない。分かってはいるのだが、極限の緊張に耐えかねて目には見えない細い糸が切れているというか、軽めに幽体離脱モードに入っていないか？？？

「さてんさーん？　……見えてるくせに」

二度目の呼びかけ。

（だめっ、今のはただのハッタリ。初春のフリに乗るな！『定温保存』も使ってない!!）

あるいは、初春側も返事なんて期待していないかもしれない。呼びかけによってこちらの瞼や肩に強張りがないかどうかでも観察している可能性だってある。もう初春の思考とシンクロできない。ひょっとしたら虚空をぼんやり眺めて大僧正サマと会話している可能性だってある。あ、これ合理的な理由がない方がむしろおっかないヤツだ。

しかし三度目はなかった。

バシィッ!!　という強烈な閃光がもう一回炸裂したからだ。

さらに間隔を空けて、もう一度。

一定周期で続く。ようやく何かに気づいたらしい初春飾利から、こんな声がこぼれた。

「……、タイマー設定？」

「っ」

食いついた。

布の擦れる音がする。もちろんこっちは目を閉じているから確証はないが、おそらく身を屈めた初春が床のスマホをもう一回拾い上げているのだろう。

……スマホを手放す寸前でこれだけ設定しておいた。オートでカメラが作動する、という建前さえ用意しておけば佐天を無視してフラッシュの存在を説明できる。

「ふむ」

随分時間をかけてから、初春がそれだけ洩らした。

すぐには信じない。

「てっきり、スマートハウス化してある部屋の明度をゆっくりと落としていった時の『罠』にかかったかと思ったんですけど……」

（ちくしょうアレもたまたまの事故じゃねえのかよっ。なに、どのタイミングで騙し合い異能力バトル世界に迷い込んだ初春う⁉）

そりゃ慎重になるか。向こうも自分の人生が全部かかっているのだし。

疑い半分納得半分、くらいの揺れ具合。少しでも初春の天秤が悪い方向に傾けば、硬くて重たい警杖なりスマホの角なりが佐天の頭に振り下ろされかねない。

ややあって、真っ暗闇の向こうから初春はこう呟いたのだ。

「中の写真は見られるでしょうか？」

「っ？」

「最初のフラッシュ……。あれが天井を写していればセーフ。でもそれ以外のアングルになっていたら、タイマー設定『だけ』とは思えませんよね」

「ッッッ‼⁉⁇」

ヤバい。

ヤバいヤバいヤバい‼

目を閉じて震えを我慢するのももう限界だ。今日イチの緊張が襲いかかってくる。

そっと、初春がこちらの手を掴んでくる。

「……指紋ロック、じゃないか。瞳や顔で照合する訳でもない。ふうん。直接向かい合っての物理トラブルに限って言えば、旧来のパスロックの方がまだ安全って事くらいは知っていたんですね、佐天さん」

「……、」

凌げた感じがしない。

なんていうか、ミスっている割に初春側の声に焦りが滲んでいないのだ。

これが普通の人間相手だったら、スマホのロック画面は割と信用できただろう。だけど初春飾利だけは例外だ。おそらく風紀委員全体で見ても随一の腕を持つ、サイバー犯罪対策の専門家。言い換えれば初春自身も極めて優れたハッカーなのだ。彼女の手にかかれば、市販のスマホのパスロックなんてあっさり突破してしまうだろう。

そして言うまでもなく、『最初の一枚目』はアングルが違う。佐天が手で持ってドアのある方を撮影したのだから当然だ。その写真がバレたら初春は今度こそ確定を得る。佐天はまだ生きていて、自分でスマホを掴んでカメラ撮影をしたと。

結論。

没収されたスマホを解析されたら終わりだ。

改めて、あの木刀とかデカい警棒的な特大の鈍器で入念にやられる。スマホアプリで脳みそのトレーニングとかしていないのに物理的に頭を柔らかくされてしまう。

……何でこの極限的な状況でちょっと面白成分が混じるのだ？　佐天は疑問だった。真面目に向き合ったら恐怖で絶叫するレベルに達しているからか。

（どっ、どどどどど、どうしよう⁉）

必死に薄目を開けて、佐天は分かる範囲で状況を確認していく。

初春は佐天のスマホにケーブルで繋いでパソコン側で作業をするつもりらしい。……逆に言えば、あのデスクトップのパソコンさえ壊れてしまえば？　首を動かす事もできず、横倒しになったまま佐天は眼球だけ動かす。床の上にのたくっている太いケーブルがあった。電子レンジやポットなどと繋がっているタコ足のケーブルだ。そして当然、例のパソコンにも。

いける。

やれるか？

ケーブルは結構ピンと張っている。足を伸ばしてケーブルを引っ掛け、手前に引けば、コンセントからタコ足ケーブルそのものを抜けるかもしれない。コンピュータのナニ？　何だっけ？　とにかくＬＥＤのチカチカ点滅中に電源を落とせばダメージを与えられるはず。

いや、でも。

本当にそれで大丈夫か？

何を選んだって忍び寄ってくる弱気が佐天(さてん)の胸の真ん中を狙ってきた。

不意打ちで電源を落としてもパソコンの中身を破損させられるかは『確定』が取れない。一般向けのパソコンだってそうだし、風紀委員(ジャッジメント)仕様(しよう)って何か特別な頑丈さとかないのだろうか？　こういうのに一番詳しそうな初春(ういはる)には聞けないし、何でも検索できるスマホも手元にない。最悪である。ぐるぐると、何をどう考えたって不安な可能性を否定できない。

というか、だ。

仮に電源ケーブル引っこ抜いてパソコンをダウンさせたとして、初春側(ういはるがわ)だって、何でケーブルが抜けたのかについて再び疑問を持たないだろうか？　一難去ってまた一難に陥る気がする……。でもこのまま放っておけばスマホのロック画面が解除されるのは時間の問題だ。手前の一難を越えられなければ沈んでいくだけなのに、奥の一難を気にしていても仕方がない。やるしかないのだ！　なんかもう目の前には明らかに間違いな選択肢しか並んでいなくても!!

捨てろ、佐天涙子(さてんるいこ)。

ネガティブな自分を捨てろ、生まれ変われ。

今日この一日を無事に生き延びたければ、何が何でも行動だッッッ!!!!!!

（くっ……）

床の血糊(ちのり)を刺激しないように、だ。

横倒しになったまま、佐天(さてん)はゆっくりと足に力を込めていく。音を立てないようにそっと伸ばしていく。動きに合わせてスカートがめくれていくのでおっかないが、そっちは後回しだ。とにかく足の親指に意識を集中。床の電源ケーブルまで、届くか？　ギリギリ、ああもう厳しいっ、ていうか無理に力を込めたらふくらはぎの辺りがつりそうだっ!!

繊細だ。

たった一滴の水滴で全部爆発する。

だというのにもう次の予想外がやってきた。今度は視界の外からだ。ガチャガチャという無遠慮な音は部屋の中からではない。音はくぐもっているから、おそらくドア越しに廊下から響いているものだろう。

「ういはるー？　そろそろ出ますわよ。今日はコンビニ強盗、現場検証想定で警備員との合同で防犯訓練をやりますから初春も準備をなさい。ウチからわざわざ一店舗ロケを提供しているんですから」

（はあ!?　しっ、白井さん!?　何でこんなタイミングで……ッ!!）

佐天の心臓はそろそろ限界なのだが、でも冷静になってみると正規の風紀委員の白井が一七七支部へやってくるのは珍しい話ではない。むしろ部外者の佐天がいる方が変なのだ。

そして、だ。

……驚いている場合ではない。冷静になったらこれはチャンスなのでは？

竹刀より長い警杖を手にした初春は間違いなくこの四角い空間の神だが、多分それは大能力扱いの『空間移動』や七人しかいない超能力枠の『超電磁砲』にまでは通じない。あくまで同じ一般人同士だから通じる理屈でしかないのだ。質量保存の法則すらぶっ飛ばしてでも徹底的に事件を隠蔽したい初春も、流石に真正面からの取っ組み合いになったら白井黒子には勝てないだろう。

（イエス!!　ようやっとの救世主登場!!　そうだよ世界は怖い事ばっかりじゃない、なにもう白井さんたら属性的には寺生まれのＴさん系だったのかあの人お!?）

なら放っておけば良い。

目を閉じて、じっと床に伏せて、ひたすら成り行きを見守れば良い。

衣擦れの音一つ立てないように。

むしろ救出まで三秒前というこのタイミングで変に動いて、最後の最後で警杖を一発頭にもらうなんて大損すぎる。ここは下手な事なんかしない方が良い。

実際に、なんかあの初春が急にうろたえている。

「えっ、えうう？　し、白井さん!?」

ていうか声のトーンが二つくらい上がっている。ちょい涙混じりで声とか震えている。

破壊神が急に萎んだ。

いつもの小動物系初春である。

白井黒子の方は気づいていないようで、ノックもなくがちゃりとドアが開く音が聞こえた。

「まったく何をしておりますの初春？　あなたも早く外に出る準備を

バギドゴッ!!　ゴドンッッッ!!!!!!

…………………………………………………………………………………

…………………………………………………………………………………

…………………………………………………………………………………。

（え）

今度こそ。

今度の今度こそ、佐天涙子の時間が止まった。

両目を閉じたまま、自分以外の世界が全部消えてなくなったのではと思ってしまう。

そんな沈黙。

なに、え、今の音は何だ？　その後の耳が痛くなるほどの沈黙は!?　まさか、まさかまさかまさか。救世主せいんと白井黒子、警杖の一発でやられたのか!?

めきめきみしし、という硬い物が軋む音。おそらくだが、ただの握力だけで地球に優しい系の合成樹脂の警杖が上げている悲鳴。

低能力、『定温保存』。だけど例えば、自分の体温をお湯やエアコンで整えて火事場の馬鹿力モードのまま完全に固定し己の筋肉のリミッターを自由にオンオフできるとしたら？

（え、あ……？）

佐天は勘違いしていたのかもしれない。

大能力者であっても人間は人間だ。不意打ちで頭に打撃を受けたら死んでしまうのは一緒なのだ。こうならないようにするための選択肢もあったかもしれない。危険であっても佐天は身を起こし、白井に警戒を促すよう叫んでいるべきだったのかも。

だけどもう遅い。

選択の機会は通り過ぎてしまった。手前の分岐に戻る事はできない。

「はあ、はは」

乾いた笑いがあった。

初春飾利が何か不安定な声を出している。誰にともなく、ゆるゆると。

「……いきなり入ってきちゃダメじゃないですか、白井さん……。まあ、消し去るとなったら数が増えても一緒ですけど……」

（う、うう。嘘だよね、白井さんっ？）

びくびくという震えをいよいよ抑えられない。

（大能力者の白井さんが一発ＫＯだとしたら、無能力者のあたしなんかいよいよ手も足も出ないじゃん⁉　どっ、どどどうすんのこれ⁉　ねえっ、だから嘘ってゆってよ‼　ダメだもうこれ固法先輩とか御坂さんとか順当な戦力ランキングに頼っちゃ逆にダメ！　なななんていうか、春上さん？　それとも枝先さん？　ジャーニーでもフェブリでも良いけどっ、あの人達やっぱり絶対手放すべきじゃなかったわここんとこすっかり忘れていた天罰かコレなんていうかとにかくもっとこう裏も表もない世界の良心的な存在がやってこないと全くブレーキにならねえええーっっっ!!!???）

　ていうか本来は初春飾利もそういうほんわか善玉枠ではなかったのか。パーティ全体の優しさ担当がイカれ方向に転がり落ちていくと、目に見える世界はあっという間に粘つく暗闇へ埋もれていく。こう、沼っぽいイメージでずぶずぶと。

　目を閉じて暗闇に包まれているのも怖い。いつまでもこうしてはいられない。佐天は横倒しになったまま、ゆっくりと薄目を開けていく。

　カッ!!　と。

　血の流れ込んだ両目を見開いたまま微動だにしないツインテールの少女が、鼻先数センチの位置で一切の機能を停止させていた。

　顔とか左右が対称じゃないし。

　変に影っぽくなってるってコトは頭の横とかへこんでるし。

なんか目玉の奥から血じゃないっぽいピンクのどろっとしたものが溢れてるし。

アウトじゃん。これほんとに死んでるじゃんよ白井黒子‼‼‼

「ばっ」

限界だった。

というか何かを考える前に口から出ていた。

「ばばばばばばっばあ‼　ばばっばあばばああババサレええええッッッ‼⁉⁇」

死んでる。

つまり死体と同じ空間にいて辺りに漂う空気とか吸ってる、今⁉

そしてこの四角い聖域に限り、最初の大前提、絶対に覆される事のないルールが存在したはずだ。それを破った者がどうなるかは自明の理でなくてはおかしい。

場の主に、生きている事がバレてはならない。

叫んでからぎくりと全身を強張らせ、佐天涙子はガタガタと震える。

今から何かをする？　具体的にどんな⁉

「あは、佐天さん……」

怖い。

振り返るのが怖い。

それでもやっぱり佐天涙子は情報を集めて満足する都市伝説マニアだった。知らないままよりも自分で確かめてしまう方を選んでしまった。

音もなく、動いて、確かめる。

返り血で真っ赤に染まった少女は不自然なほどにっこりと微笑(ほほえ)んでいた。

めきめきという鈍い音があった。

笑顔の少女の手の中で、真っ赤に埋まった警杖(けいじょう)が握り潰されていく。『定温保存(サーマルハンド)』、全然無害じゃないしありふれてもいない低能力(レベル1)が全力で牙(きば)を剝(む)く。

にっこりと来た。


「やっぱり生きていたんじゃないですか。今さら全部手遅れですけど☆」

4

ややあって、だ。

後から遅れてやってきた御坂美琴(みさかみこと)は、一七七支部の惨状を見て、うんざりした顔になっていた。

「なに？　佐天(さてん)さんを部屋から運び出すのに人手が必要だっていう話だったけど……うわあ、かんっぺきにのびてる……」

辺りは血まみれ。

そして部屋の中央では、佐天涙子が仰向けでひくひく痙攣していた。天罰モードに入ってもいちいちちょっとセクシー系に見えてしまうのがこの子の才能か。多分どこぞのサスペンス劇場なら特に事件解決のヒントもなく旅館の露天風呂にいる枠だ。

「イロイロと悲惨だわ……」

「これ、材料に黒豆サイダーとかいちごおでんとかも入ってるみたいなんですよね。食べ物を粗末にする子は、めっ、です」

初春飾利は怒っても普通に可愛らしかった。

ほっぺとか膨らんでるし。

握力とか一三キロしかない小動物系だし。

ていうか当たり前だ。地獄のデストロイ風紀委員であってたまるか。

そもそもの話をしよう。

「ちょっと席を離れている間に、佐天さんが何かこそこそしているのは全部『見えて』いたんですよね」

濡れタオルで顔の返り血を拭いながら、あっけらかんと初春飾利は切り出した。

そこにあるのはいつも通りの女の子だ。

「……つまり、パソコンのWebカメラで。今はもう特別なOA機器とかじゃなくて、液晶画面の上に普通にくっついていますからね。正直ありがた迷惑っていうか、情報セキュリティ的にはむしろ邪魔者なんですけど」

根本的に、各種重要資料で溢れた一七七支部を施錠もせず空っぽにしておくはずもない。今日は大規模な防犯訓練の資材を外に運び出すためにオートロックは解除していたとはいえ、短時間の離席であっても初春は常に室内の状況——特に許可なき者の入室の有無——は分かるようにしている。

白井黒子は肩をすくめて、

「で、倒れた佐天さんに背中を見せながらＷｅｂカメラで観察。その上で、業務用通販サイトにアクセスするふりをしつつ、パソコンからわたくしのモバイルへ連絡を入れた訳ですわね」

「ついでに、白井さんにはＶＲ系の工作動画を参考にして例の血糊を作ってもらって」

「ま、それ以外にも特殊メイクを盛りましたけれど」

元々、警備員との合同防犯訓練があるのだ。

それも現場検証想定。

つまり被害者の死体役になりきるお化粧や小道具には事欠かない。

「そういう訳で、わたくしがたまたまやってきたと装って一七七支部へ顔を出して、初春の一撃でズドンと沈む、と」

ツインテールの少女はそこまで言って、そっと息を吐いた。

　それから怪訝な顔で、

「……ですが初春、その警杖のグリップはどうしたんです？　アドリブみたいでしたけれど」

「あはは。私はどこまで行っても低能力扱いですよ？　『定温保存』で筋力リミッター解除なんてできません。ただまあポリヒドロキシ酪酸系合成樹脂、つまり生分解性プラスチックなんて性質は木材と似たようなものですから。適当に湿らせた上で温度を一定に保つと微生物の力で急激に腐らせたり発酵させたり、ってくらいなら何とかできますけど」

「（（……あれ？　なんか微妙に怖い成分が残留してる？？？））」

「？」

　基本的に良い子な中学一年生は対能力戦の応用法についてまでは思いついていないらしい。

　……ガスマスクなどで腐敗によるガスへの対処をして一〇時間以上かければ重量一トン以上もある闘牛用の牛一頭を丸ごと肥やしに変えて地上から抹消できる、なんて話じゃなければ良いのだが。『定温保存』、前から思っていたが応用の幅が微妙に広すぎやしないか……？

　うーん、と美琴は呻いた。

　白目を剝いて仰向けで痙攣。何だか思春期女子としての尊厳を全部奪われたような有り様になっている佐天を見下ろしながら、

「イタズラにイタズラを返すのは分かるけど……やっぱり、やりすぎなんじゃあ？」

「それは佐天さんに言ってくださいよ。私は面白半分で『こう』されたくはありませんし」

# 第三章　初春飾利もマジメに仕事する

# 1

学園都市は人工的に創られた街だ。

……という表現を使うと首を傾げる人もいるかもしれない。世界中にあるどんな街だって人の手で開発されたものじゃないか、と。

しかし、実際に足を踏み入れてみれば、誰もがこのフレーズを頭に浮かべるはずだ。

学園都市は、他のあらゆる街とは空気が違う。

言い換えれば、学園都市は自然発生的に出現した集落ではない。広大な敷地を高い壁で囲って内部に必要なものを必要なだけ詰め込んだ、大人達の都合で計画的に創られた大都市なのだ。

もっと深い事を言えば、学園都市はある種の理想に形を与えた巨大施設群であり、内部で問題が生じればその理想に綻びがあったとして責任を追及される者が現れてしまう。

故に、だ。

人口二三〇万人、実にその八割が何らかの学生というこの街では、公的に集計されながらも決して表には出てこない数字というものも存在する。それが目に見える形で表に出てしまっては、いらない波風を立てると誰でも分かるからだ。

一例を挙げよう。

多くの子供達が集まる学園都市では、年間自殺者の数が正式に公表される事はない。

## 2

「……『ラボ』とは言うけど、ここはハズレっぽいわね」

栗色の髪をショートに揃えた女子中学生、御坂美琴は鉄の扉に寄りかかりながらつまらなそうに呟いた。

奥に広がる空間はワンルームより広い程度。縦長の部屋の壁際にはボルトで留めたスチールラックがびっしり並べられていて、大小無数のコンピュータが固定されていた。それから各種工具を使ってクッション抜いて中途半端にバラバラにされているのはマッサージチェアか？

「今はもうサイバー攻撃も金目当ての時代、か。有名なウィルスが巷を席巻すると、コピーして細部を書き換えた亜種を使って稼ごうとする輩が出てくるっていうのはマジなのね。ま、公共インフラなんかを狙うランサムウェアとかだと、本物だろうが亜種だろうが人の命を奪うっていうのが最悪なんだけど……」

「お姉様!!」

と、やかましいのがやってきた。

右腕に風紀委員の腕章をつけているのは、後輩の白井黒子だ。

「少々飛ばし過ぎですわよ？　お姉様はあくまでも一般人なのですからわたくしの後ろに下がって……」

「ここまでいったら、もう風紀委員の仕事でもないでしょ？」

う、とツインテールの正義マンが痛いところを突かれたように呻く。

基本的に一つの学校での揉め事処理が生徒達で作る風紀委員の仕事、それより大きな街全体での犯罪捜査は大人の教師達で作る警備員の仕事だ。つまりガミガミうるさい白井も結局は美琴からイロイロと学んでしまっている。

美琴は扉に寄りかかったまま、鉄錆臭い空間の外へ目をやる。

『ラボ』の正体は曇りガラスで覆われた四角い喫煙ルームだった。勝手に置いて鍵のかかるドアに『点検中』の札でもつけておけばどこにでも密室を作れる。暴利を貪って人の命を奪うサイバー攻撃施設は、学園都市最大の繁華街・第一五学区の片隅にしれっと置いてある訳だ。

普段の通学路というよりは社会見学の一環だろうか。すぐそこを、女教師の案内で手を上げながら横断歩道を渡っていく黄色い帽子の小さな群れが通り過ぎていく。まるでカルガモの親子みたいな様子だがほっこりしてもいられない。魔の手はこの距離感まで迫っていた訳だから、胸糞悪い事この上ない。

「とにかく初春待ちですわね。いくつかハズレを引きましたが、おかげでハズレの傾向くらいは向こうでも組み上げているはず。次か、その次辺りで本命を引けるでしょう」

「自分で言っておいてアレだけど、全くのハズレって事はないんじゃない？」

美琴は四角い『ラボ』の脇に転がっているものを顎で指す。

小刻みに痙攣を繰り返し、衣服から焦げ臭い匂いを漂わせているのは『ラボ』の技術者とボディガード（というより、技術者がちゃんと仕事をしているかの監視役か）達だ。

「こいつらだって危険な亜種を掌の上で転がして荒稼ぎしていた連中な訳だし」

実際、外より二、三〇年は科学技術が進んでいるといわれる学園都市では、本当に様々な違法プログラムやツールが横行している。それはSF系アクション映画の主人公が好んで使う、電子ロックのセキュリティを無効化させるキーピックソフトや防犯カメラの記録を改ざんする透明人間ツールばかりではない。というか下手にそんなものがあっても現場をウロチョロすれば顕微鏡サイズの微細な皮膚片や衣服繊維片などは結局残ってしまう訳だから、自分の身を危険にさらすだけだ。カメラに映ってないのに床に毛髪や唾液があるとか変すぎるし。

現実は映画のようにはいかない、くらい学園都市の科学に手慣れた生徒達は理解している。

逆にこの街特有のサイバー系というとこんなウワサが飛び交っている。

いわく、神経内の電気信号を書き換えるニューロン系サイバー攻撃ツールがある。

いわく、副作用は強いが確実に能力のレベルが上がる自主学習ＶＲが存在する。

いわく、次の流行を完全予測するコーディネートサーバが開発されている。

そしていわく、そうした出自不明のヤバいツールやプログラムをどれだけ落としても悪趣味なトラップにかからない、究極のアングラセキュリティソフトが存在する。

「……十中八九フェイク、料金前払いで金だけ受け取ってトンズラ程度なら可愛いものなんだけどね。たまに、本当にヤバいアプリが顔を出す」

今回のケースは、そういう意味では最悪も最悪だろう。

前提となる商品説明の時点ですでに理解不能なレベルだし、しかも、ただのネット詐欺ではなく実際に流通している商品は効果が出ているらしい。

美琴は青空を見上げて、ぽつりと呟いた。

「イグジットApp。……恐怖を感じる事もなく、本当に死ねる絶対自殺ツール、か」

# 3

分かっているだけで一四件。

内側から施錠した自室や山奥に駐車した車内などで試したまま未発見、というケースも想定されるため、実際の総数は不明。

未遂についてはそれこそ計上のしようがない。というのも、このイグジットAppは従来の自殺法とは勝手が違うからだ。

「絶対自殺ツール・イグジットApp。まだ出処ははっきりしていませんけど、元々は流行りの健康管理アプリの制作ツールを利用して作った説が濃厚ですね」

風紀委員活動第一七七支部。

戻ってきた美琴や白井と共に、改めて確認を取る意味でそう切り出したのは風紀委員の中でも情報関係に強い初春飾利だ。

それにしても、『事件』のあらましをすでに聞いている美琴すら首をひねってしまう単語だ。

「健康管理アプリ、ねえ」

「より正確にはＩｏＴ系マッサージチェアの管理プログラムですね」

今時は電子レンジでも洗濯機でも家電なら何でもＵＳＢ端子や近距離無線がついていて、コンピュータやネットワークに繋がるようにできている。そしてご自宅全体の機器を束ねるホストは、必ずしもパソコンである必要も特にない。健康管理メインならマッサージチェアを中心にして体重計、スマホ、スマートウォッチなんかを衛星的に束ねる構成にだってできる。

「普通の設定なら何の問題もないマッサージチェアですけど、設定上限のリミッターを裏技で解除して無茶な動きをさせると、バキバキゴキン、人間折り畳み処刑マシンに早変わりって訳です」

うえ、と呻いたのは佐天だ。

どうせそっち方向でどギツい都市伝説でも耳にしているのだろうが。

……意外と思うかもしれないが、本当の本当に最初から危険なものを作ろうと思って完成する例はさほど多くない。

例えば包丁とか。

例えば車とか。

例えば携帯電話とか。

大抵のものは作ってみてから問題点が分かってくる。

作った人が想像もしていなかった状況。

もしくは奇妙な使い方。

そんなものはいくらでも発生する。

公園の遊具や缶詰の蓋など、危険はどこにだってある。

消火器や救命胴衣など、安全を守る道具だって正しい使い方を覚える必要がある。

そうしないと身の危険にさらされる。

あるいは。

学園都市の能力もそうかもしれないが。

ともあれ。

良くも悪くもウワサに詳しい佐天は腕組みして難しい顔で首を傾げると、

「……うーん、本当にマッサージチェアの誤作動で人は死ねるか、って都市伝説も前から色々あったけどなー。でもあれ、実際には『できない説』で落ち着いていなかったっけ？　骨を一本折るくらいならできるかもしれないけど、そこで飛び上がっちゃうから自殺まではできないよって」

「はい、今回のイグジットAppも単体でマッサージチェアに組み込んでも大きな問題はありません。確かに『殺す機能』は追加されてしまいますが、佐天さんの言う通り、マッサージチェアが暴走したって普通は完遂する前に痛みで飛び起きますからね」

「それだけなら。でもそこでは終わりませんのね」

白井がうんざりしたように息を吐くと、初春も真剣な顔で頷いた。

「……強いアルコールと一緒に使うと成功率が劇的に変化します。もちろん耐性は人それぞれですが、アルコールとマッサージ器具を組み合わせる事で血行を操作しての『効率的な意識の飛ばし方動画』がいくつか出回っているようですね」

「あれか。お風呂に入ってお酒を呑むのは良くないって話」

美琴の口調が半信半疑なのは、もちろんお酒と縁がないからだろう。

初春はそっと息を吐いて、

「それの科学的な最大効率バージョンですね。まあ、痛みに気づいて飛び起きるなら、そういう回避ができないように処刑マシンの上で泥酔してしまえば、と」

「つまり、ただのマッサージチェアでも本当に死ねる？」

「もちろん抵抗は不可。つまり、土壇場で怖がって逃げ出す事もなく自宅で簡単に死ねる絶対自殺ツール、という宣伝文句の通りになる訳でして」

例えば機材の漏電など、何かの事故やトラブルで間違って死んでしまう訳ではない。

最初から死ぬ事だけを目的として開発され、そしてこうしている今も流通が続いている負のヒット商品。

「普段は日頃のクセ、生活のサイクルとして一日一回マッサージを嗜む。そうやって機材の使用に慣れてきたら、『いつもの流れ』に乗っかったままイグジットAppを仕込んでお酒を呑み、本番へスライドするだけで一丁上がりって訳ね」

安易に何度でも死の予行練習ができるマッサージチェア。

そして本当にやりたくなったら、いつでも泥酔から死亡までをオートメーションで一直線の本番に移れる特殊ツール。

美琴は前提を頭に思い浮かべてそっと息を吐くと、

「……それって、騒ぎが収まるまでマッサージチェアの方を商品棚から引っ込める事はできないの？　まあ、一生懸命作った人達には悪いんだけど」

「一定以上『暴走』させれば自殺はできる訳ですから、ソフトとハードの規格は合ってなくても構わないんです。特定商品の脆弱性とかならともかく、流石に『適合するか否かに関係なく全メーカーのマッサージチェアを片っ端から撤去せよ』では大義名分としては弱く、横暴だと業界団体から突っぱねられてしまうでしょうね」

「ぎょーかい？」

ぱちぱちと瞬きしながら佐天が尋ねると、肩をすくめたのは白井だった。

「マッサージ器というとニッチな需要と思われるかもしれませんが、ここ最近はテレビや液晶モニタの国内生産を撤退させる代わりに抜けた穴を補うべく、体重計や空気清浄器などの健康器具関係へ参入してくる大手の家電メーカーも珍しくありません。ざっくり全部敵に回すなんて考えで動くと、想像以上に『大きな力』と無駄に争う羽目になりかねませんわよ？」

そもそも争うという仮定がもうおかしい。メーカーの人は悪い事なんてしていないのだから。この絶対自殺ツールはマッサージチェアを作った人の想いも裏切っている。中学生の美琴達には縁のない世界とはいえ、お酒だってそうだ。

本気で死にたい人にも怖いもの見たさの人にも興味を刺激するツールだ。そして度胸試し感覚で手を出した人間だって繰り返している内に死の恐怖は薄れていく訳だから、ふとした拍子に大した理由もなく本番に移ってしまうケースもありえる。

この学園都市で、本当の本当に、人生どん詰まりでとにかく今すぐ死にたい人間がどれだけいるかは知らない。

けど能力開発の伸び悩みや試験勉強のストレスの中で、何かの口癖のように、もう死にたいだの生まれ変わってやり直したいだのと言い出す人間はさほど珍しくもない。これは、そういう愚痴にもうちょっとだけリアリティを与え、そして取り返しのつかない事態を招く破滅的なツールだ。

そういう訳で、自殺未遂者だけで言ったらそれこそ何千人、何万人いるかも把握できない。望む者は何度も何度もマッサージチェアを使い続け、徐々に死の恐怖を消し去って日常の中に慣らしている状態だからだ。

薄れて麻痺してしまった者から順番に『本番』へ移り、そして躊躇もなく死んでいく。

死の引き金はアルコール飲料。

それ自体はコンビニの棚でも簡単に手に入る。

「あったあった、そんな話。でも実際、このトリガーのせいでギリギリ踏み止まっているパターンもあるんだってね」

と言ったのは佐天だ。

もちろんスマホ片手のネット情報なので、確度については聞いている側でフィルターを掛けておく必要はあるが、

「アルコール。何だかんだであたし達中学生じゃ手に取りにくいでしょ？　あたしがカラフルな缶とか瓶とか持ってレジに並んだら絶対店員さんに止められるし。マッサージチェアを一日一回寝る前に使うだけなら生活のサイクルに組み込めても、お酒をどう手に入れるんだって場面で脱線を強く意識する。そこでハッと気づいて止めちゃうパターンもあるってさ」

これがチョコレートを食べてリラックスしたら、ドライヤーを水で濡らして自分で自分を感電させたら、なんて低いハードルだったらもっと爆発的に死者は増えていただろう。

ハタチ未満がお酒を呑むのは悪い事。

人口の八割が学生という学園都市では、普通の街よりチェックも厳しい。

だからこの街基準の『普通の人達』は思わず尻込みしてしまう。

……これから自殺する人間が今さら何を恐れるのか、と考えるかもしれないが、彼らの心理もそれぞれ。『これ以上転落したくないから、ここで人生を断ち切る』という心理状態の場合は、犯罪行為を忌避して潔癖に死にたがるケースも珍しくない。死ぬ気で挑めば怖いものなんか何もない系の考え方は追い詰められると一人で孤独に自殺するだけでなく他人を巻き込む心

中や通り魔に走る可能性もある、とは初春の分析。もしほんとにそうならポジティブシンキングになれば必ず心が元気になって社会復帰できる、とも限らなくなってしまうのだから、人間というのは難しい。

ただし、

「……でも実際に、最後までやり遂げている子達もいる」

「お酒は表の自販機では売っていませんが、ここ最近はネット通販や無人レジなど『大人の店員さんと直接顔を合わせない』販売方法も増えてきましたからね。そういう所を選んで心理的なハードルを下げているのかもしれません」

うっ、と小さく呻いたのは白井黒子だ。

別に家の方で全国レベルの巨大なコンビニチェーンを経営しているからといって責任を感じる必要はないだろうに、根が真面目な子はこういう所で損をする。

「とにかく、味醂とか消毒用エタノールとか片っ端から全部排除するのは不可能でしょう。これ以上の自殺者の発生を食い止めるには、やはりイグジットAppの開発者を潰すしかありません」

初春はこう結論付けた。

すでに数値で計算して泥酔した犠牲者を折り畳んで殺す絶対自殺ツール自体は相当数出回ってしまっているが、爆発的に自殺者数が増えないのは、ツール購入者がある意味で潔癖（?）

だからだ。つまり今までの生活サイクルの輪の中に乗せられるなら使い続けるが、派手に脱線するようなら手放してしまう。

謎の開発者を捕まえ、それがいかに危険な代物であるかをその口から直接説明させれば、イグジットAppそのものに対して心の『忌避』が働く。自殺志願者といっても、その実態は近所のコンビニで年齢を偽ってお酒を買うのも躊躇うような普通の人達だ。『忌避』さえ促せれば、学園都市全体で何千人、何万人いるかもはっきりしない志願者達は自然とイグジットAppを手放してくれるはず。もちろん、新しく絶対自殺ツールを手にする人々が出てくる事もない。

そっと息を吐いて、改めて初春が言う。

「そのために肝要なのは、流通ルートを逆に辿って末端から中枢の開発者まで特定していく事。御坂さん達がハズレ業者を軒並み潰してくれましたから、今後は惑わされる事もないでしょう。次が本番。これ以上の犠牲が出る前に、絶対自殺ツール・イグジットAppを根絶しましょう」

4

そうして追跡調査が始まった。

こそっと、美琴と白井の表通りの二人はビルの角から狭くて薄暗いゾーンに目をやる。

難しい顔をして学園都市第三位の超能力者が呟いた。

「……何で私達が後方待機な訳？」

『しっ、仕方がないじゃないですか。アングラ系の掲示板を追う限り、御坂さんと白井さんはハズレ業者を叩いた時に目立ちまくったせいで裏界隈から思いっきり警戒されているみたいなんですよ。白井さんとか根っからの正義バカだから肩に腕章つけたまんま裏路地に入っていきますし！』

『囮捜査!! ふ、ふぬお何それそういう面白そうな話ならあたしにも教えなさいよ初春！　それなら真面目なアンタよりもウワサに強いせくすぃーであだるちーこれすなわちキケンなオンナ、佐天お姉さんが世界とか人類とかのために一肌脱いであげてm』

「『『おめーは絶対余計な事すんな極限トラブルメーカー』』」

ろくでもない未来しか頭に浮かばないからか、他の三人の声が奇麗に揃った。出口を全部潰す必要があったとはいえ、やはり『幻想御手』だの学芸都市だのことごとく当たりを引く人を単独行動させたのが心配で仕方がない美琴達である。

ちなみに大人の警備員は何もしていない、という訳ではない。彼らは彼らで犯人を追っている。この場合はむしろ美琴達四人が勝手に動いている、といった方が正しい。

……大能力者と超能力者の戦線投入とか世も末だ。こう、警察の突入を恐れてびくびくしている犯罪者のアジトへ海から艦砲射撃をぶち込むくらいには。

白井はうんざりしたように息を吐いて、

「それにしても、掲示板って……」

『アングラ方面だとむしろ機能のシンプルな旧来のサービスの方が人気なんですよ。刻一刻と進化する巨大AIで危険発言を洗い出しされるSNSグループ系より安全だとかで』

この辺超ややこしいが、どうも一般人と犯罪者では『安全』と『危険』の定義がまるっと入れ替わるらしい。

そんな訳で美琴や白井の視線の先――学園都市最大の繁華街でもある――第一五学区の薄暗い辺りをうろうろしているのは初春飾利だった。あの小動物系と路地裏はあまりに不釣り合い……に見えるが、アングラ関係のカモは不良だけとは限らないらしい。まあ、芸能人やスポーツ選手だってお薬系で捕まる事はあるのだし、道理ではあるか。

『でも初春、こういうのって直接会わないネットとかじゃないんだね』

『むしろネット上の取り引きは痕跡が残りますよ。かといって、得体のしれない売人と直接顔を合わせるのも怖い。これだけケータイやスマホが溢れ返った時代です。いつ何かの拍子に写真を一枚撮られるか、って脅えもあるでしょうからね』

ビュン、と初春の頭上を何かが通り過ぎていった。

今や珍しくもなくなったマルチコプター式の、ネット通販仕様の飛行ドローンだ。

『……だから一番安全なのは、怪しくも何ともない普通の通販網にイグジットAppの入った

USBメモリなんかを相乗りさせる事です。アングラネットで集めた話だと、ここは第一五学区内ネット通販系ドローンの多くが行き来する、見えない幹線道路。位置情報サービス系の「今あなたの荷物はここまで来ています」の信号を傍受して、大きなゴーグルで顔を隠した売人がゴム系接着剤をつけた小さなフラッシュメモリをパチンコで飛ばして指定されたネット通販の箱の底にべたりと貼りつける……らしいんですけど』

「……悪党も色々考えるわね」

「こういう事しか考えが及ばないのも困りますが」

呆れた顔の美琴と白井。

ともあれ、通販ドローンが多く行き交う場所なら美琴はそのカメラを拝借する事ができるし、白井の『空間移動』があれば初春の身に危険が迫った瞬間に割り込みだってかけられる。常盤台中学の中でも最強ランクの超能力者と大能力者。むしろ、これくらいの分厚いサポートがないと危なっかしくて初春を前衛になんかできない。

『ともあれ、ここにイグジットAppとパチンコを持った売人が現れるのは確定です。ここから追いかける。逆に辿っていけば、それを繰り返していけば、いつかは、ジジ、イグジットAppを作った張本人を特定できるはずなんですから、ザザザ』

「ん？　ちょっと待って初春さん？　何かノイズが」

『みっ見つけバババました！　あの人じゃな、ジジ、ですか。あれ、ザザザザ御坂さん、聞こえてガガガいますか？　あのザザザ見えジジジガガざざざバババババザザザーッ‼　ざざざざーっっっ‼‼‼』

「くそっ、黒子(くろこ)‼」

慌てて隣にいる相棒の肩を叩(たた)くが、力なくぐらりと揺れた。ぎょっとして美琴(みこと)はそっちに目をやるが、白井(しらい)はこちらの顔すら見ていない。両目を限界まで見開いたまま、ただただ暗い路地の向こうに視線をやっている。そのまま硬直している。

「き、消えました、わ……」

「……、」

「初春(ういはる)の姿がいきなり‼　ちょっと待ってください、どこへ行ったか把握できなければわたくしの『空間移動(テレポート)』でも追えませんわよ⁉」

5

手品の答えは、往々にしてシンプルなものだ。

そして推理小説と違って、現実の事件では事前に解答するのに必要な情報を全て提示しておくルールも特にない。

「こっち」

「……、」

低い少女の声に、初春飾利はごくりと喉を鳴らす。

身振りでついてくるように勧めた謎の少女は、一度こちらに振り返って、

「……ここが通販ドローンの幹線道路化しているのって、ようは電波の入りが一番良い所だからなのよね。屋上の中継アンテナで大容量のマップ情報を確認してから次の基幹アンテナ近くまで飛んでいくようひとりでに学習している」

アンテナは、ただ高所に立っているだけではない。結局は太い通信ケーブルと繋がった有線ネットワークの一部分でしかないのだから、巨大なアンテナには専用の業務用ケーブルを通すための設備が必ず付随している。

つまり、ここは道路の下。

極太ケーブルを通すためにも利用される暗渠だ。

背の低い初春でも気をつけないと頭の花をゴリゴリ擦りそうなくらいの狭い直線のコンクリ空間、そこに彼女の腕より太いケーブルが何本も走っている。通信ケーブルの他に、街中にある風力発電系の電線なども相乗りしているのかもしれない。相手の手元にあるケータイ以外に明かりがないせいもあるが、それ以上にやたらと長大なのだろう、奥については全く見えない。

「あなたが売人さん、ですか？」

「仮に、そうだとしたら？」

声の低い少女は、おそらく高校生くらいだろうか。

第一五学区らしい、色を抜いた金髪に褐色に焼いた肌を持つ年上の少女。

小中高。大人からすれば全員まとめて学生扱いかもしれないが、今その枠組みの中にいる初春にとっては絶対の壁だ。注意しないと状況を忘れて、ただ年齢差だけで相手の空気に呑まれそうになる。

「本来、真上を飛び交う通販ドローンに相乗りさせる輸送ルートを使うこの方式なら、直接顔を合わせる必要すらないはずよね？　あなた、わざわざここまで何しに来たの？」

「警告に」

「……、」

「私に辿り着けたという事は、同じ方法を取れば誰でも気づくって訳です。良くできた方法ではありますけど、もはや絶対の安全なんかどこにもない。この穴については、早めに埋めておく事をオススメしますよ？」

「恩を売るつもり？」

「いいえ、売るのは技術です」

ここが正念場だ。

変に悪ぶる必要はない、真面目なままでも構わない。

「誰よりも早くこの穴に気づいた私が力を貸せば、もっと安全な方法を提供できます。絶対自殺ツール・イグジットApp。どんな意図で撒いているかは知りませんけど、基本無料の慈善活動って訳じゃあないんでしょう？　安全の対価という形で、私を買うつもりはありませんか？」

ふむ、と。何か値踏みするような声があった。

いいや。

正面に立つ女子高生は、本当に初春を頭のてっぺんから足の先まで眺めている。

彼女は初春一人に狙いを定めて地の底へと引きずり込んだ。

治安を守る側として見張っていた美琴や白井については気づいていたはずだ。知らなければ、変に姿を隠さずに路地でそのまま声を掛けていればそれで済んだのだから。

つまり、効いてる。

緊張の源である美琴や白井を出し抜いたと分かれば謎の女子高生は高揚し、口が軽くなる。暗くてじめじめしたトンネルやお化け屋敷を抜けた直後と同じく、これは心の話よりも半ば肉体的な反射に近い。初春がわざと監視を撒いたと言い張れば、簡単にボロが出る悪人演技などよりよっぽど分厚いリアリティを売人に植えつけられる。

果たして、相手の口から具体的な話が出てきた。

「……単純に使う側じゃない」

「……、」

「人より先に融通してほしい、などの要求でもない。私達の一員となって絶対自殺ツール・イグジットAppの利益を生み出す側に回りたい、と？」

「自殺それ自体には興味がありませんもの。私の手元に例のツールがあっても、使いどころがありません」

「冷静だな」

低い声が、さらに一段低くなった。

「事故や乱用の結果、使用者の一部が命を落とす訳じゃない。私達は最初から死ぬため『だけ』に購入されるツールを作り、売り捌いて、人の命を金に換えているというのに」

「ついでに言えば、イグジットAppそのものにも興味はありません。私は一歩離れた場所から、セキュリティ対策担当という立場で分け前をいただきます。あなただって楽観的な天国を信じているクチじゃないでしょ。冷静に計算ができるから、使う側じゃなくて売る側に回れる。違いますか？」

「ふむ」

二度目の呟きがあった。

だけど前とはニュアンスが違う。一つの方向に傾きが生じている。初春側としても、それが嗅ぎ取れないほど目には見えない『空気』について鈍感ではない。そして人並みに教室の中でどうにか生きていけるくらいの対人アンテナしか持っていない初春からしても、こう結論づけなくてはならなくなった。
つまりは、
（まず
「ふむ」

がんっ!! という鈍い音があった。

褐色の女子高生からの三度目の呟きで、明確に滑り落ちた。

両目がチカチカする。胸ぐらを掴まれて近くの壁に背中を叩きつけられたのだと気づくのに何秒もかかった。両足が床から浮いていないのは、元から天井が低かったおかげだろう。

それくらい、力の差は圧倒的だった。

「かっ、は……ッ!!」

（まずいっ、懐に入り損ねた……ッ!?）

誰よりも早く『穴』に気づいた人間。仲間に引き込むよりも、口を封じてしまった方が安全を確保できると判断されたのか。

（ど、どうしよう……）

スカートのポケットに携帯電話はある。手先の器用さを存分に活かした、ストロボ部分を改造したお手製のスタンガン機能付きだ。ただし相手と密着した状態で高圧電流を放つと自分も感電しかねない。胸ぐら、つまり首から胸元にかけてを腕一本で押さえられている状態だとかなり危ない。相手を無力化させるつもりでこっちの心臓が止まってしまったら元も子もない。

かと言って、もう逃がせない。

黙って逃走を許してしまえばこいつは雲隠れし、よそでまた別の仕事を展開させる。

好き放題にばら撒(ま)かれた絶対自殺ツール・イグジットAppは、より多くの人々の命を奪っていく。何度も何度も予行練習を繰り返させる事で自殺というハードルをとことん低く下げて、本来なら本気で死ぬつもりまではなかった人達の背中まで容易(たやす)く押して。

(どうする⁉)

が、そこで予想外の一言がやってきた。

低い声で、目と鼻の先にいる少女はこう囁(ささや)いたのだ。

「確かに私はイグジットApp……と呼ばれる健康管理ソフトウェアの開発者ではあるが」

「っ？」

(末端の売人、じゃない？　いきなり中心の開発者ですか⁉)

すでにこの時点で不意打ちだ。

このビジュアルで白衣に袖を通すのは初春的(ういはるてき)には相当意外だが、世の中には髪の色を抜いて肌を焼き爪とかビーズで盛りまくったギャル系の理系女子だっているだろう。パッと見の第一印象だけで人の本質が分かれば空港保安向けのＡＩ連動式防犯カメラ網なんて誰も開発しない。

明らかに状況は脱線していて、つまり初春にとって危険度が跳ね上がっている。本物の犯罪者相手に、自分の命がかかわるレベルで。

だというのに、さらに来た。

「私はそういう儲け話が嫌いだから、ここまで足を運んできたんだ。末端で勝手に流通させている売人どもをこの手で叩き潰すために」

「っ？」

胸ぐらや背中とは違った意味で、呼吸が止まった。

流石に意味不明過ぎる。

しかしギャル系女子高生は腕一本で初春を壁に押しつけたまま、視線をよそへ振った。長い長い暗渠の通路の奥、どろっとした暗闇を見据えながら低い声でぽつりと呟く。

「……来たか」

「な、なにが……？」

尋ねてから、初春にも事情が分かってきた。暗闇の奥から足音が聞こえてくるのだ。それも一つではない。相手は複数だ。

「客だよ」

低い声で、ばっさりと切り捨てるような一言があった。

金髪褐色の女子高生は闇の奥を睨んだまま、

「私はこれまでいくつか販売ルートを潰してきたんだが、その過程において、現場で何度か顔を見られた。すでに、ヤツらは私が開発者である事も知っている。店先では手に入らないから工場を狙おうという訳だ」

「……、」

「来い」

短く言って、少女は胸ぐらから手を離した。

「情けくらいはかけてやる。ここに残したらヤツらの手で吊るし上げにされかねないしな」

激しく咳き込みながら、今さらのようにスカートのポケットをまさぐり、改造携帯電話に手を伸ばそうとする初春。スタンガン機能の存在に気づいているのかいないのか、そんな初春を女子高生は鼻で笑い飛ばした。

怖いものなんか何もない最強一〇代の顔でミステリアス女子高生は囁く。

「通常、イグジットAppに手を出す輩は潔癖な自殺志願者である事が多い。いつもの生活サイクルに乗せられるなら使い続けるが、派手に脱線するようなら放棄する。だけどあの連中には通じないぞ」

「(……でもこれほんとに気づいているんでしょうか？　えーと、いったんデフォルトのカメラモードを起動して、ストロボ用の大容量コンデンサに十分な量の電気をチャージしたら、側

面の追加物理スイッチをオンオフ切り替えて、と……)」
「人を襲ってでも絶対自殺ツールを手に入れようとする行為を、いつもの生活サイクルに乗せても脱線しないような心の持ち主ばっかりだ……と、何だ？　お前さっきから何をブツブツ

「えいっ」
「ぎゃんッッッ!!!!!!」

初春が目を瞑って両手で握ったものを前に突き出してみたら、ミステリアスな女子高生が呆気なくのびてしまった。設定最高電圧は二〇万ボルト弱。ドラマや映画と違って実際のスタンガンで人間が完全に気絶するのはなかなか珍しい。例の女子高生もうつ伏せ大の字で手足の先をひくひく痙攣させているが、まだ意識自体はあるようだ。スカートが短い第一五学区のギャル系なので、(意外と飾り気のない白だった)ぱんつとか相当哀れな事になっている。自分の意思で足を閉じてスカートを直す事もできないのだから当然だが。

ミステリアスだろうが何だろうが、人間は人間か。

もうなんか声も出ない感じでぷるぷる震えている謎の女子高生を見下ろして手の甲で額の汗を拭う初春だが、こんな事をしている場合ではない。

今も複数の足音はこっちに向けて近づいてきている。

黙っていたらすぐ見つかって簡単に捕まりそうな香りがしてきた。

そして人を襲ってでもイグジットAppを求める相手はモラルなんか頭にないらしい。開発者ご本人様をこのまま地べたに放置しておいたらおそらく大変な事になる。初春がやっちまった以上は、彼女が背負って逃げるしかない。

そんな訳で善意の人さらい開始。

おんぶをするとやたらと肉感的でまたイラつく。平たく言うと中学生の初春より高校生の少女の方がおっぱいは大きい。

「……そりゃまあやれるもんならやってみろ的無敵オーラがむんむん漂っちゃうとほんとにやってやりたくなるのが人情ってもんですけど、それにしたって私ってば一体何をしているんでしょう？」

「こっちが聞きたい!!　ぜえ、ぜえ。私は平和的かつ文明的に会話を進めていたというのに、何であの局面でいきなりスタンガンなんか出てくるんだ、この通り魔!!」

「ぎゃんぎゃんうるさいこの人重たい、もうどこか途中で捨てていきたい……」

「頼むやめろお願い全部話すから体が動くようになるまでの面倒くらいは責任持ってそっちで見てくれっっっ!!!!!!」

## 6

「風紀委員(ジャッジメント)……？　冗談だろう、それじゃ全くの見当違いか！」

「あなたの方は？」

「甘蛇牙華(あまへびさえか)。顔と名前が分かれば後は『書庫(バンク)』の方で諸々(もろもろ)検索できるだろ」

「ここ地下だから圏外ですけどね……」

暗渠(あんきょ)、道路下に埋められた川の一本のラインを軸に街の下を蜘蛛(くも)の巣(す)みたいに張り巡らされている地下通路群だが、どこでも自由に地上へ出られるという訳ではないらしい。

不測の事態が立て続けに起きているし、こうなったらさっさと美琴(みこと)や白井(しらい)といった高火力の前衛組と合流するべきなのだが……予想に反して出口のハッチが見当たらない。

そして力の抜けた無防備ぐったり女子高生はとにかく重かった。

一本道が複数に枝分かれし、その先の分岐を二つか三つ越えた辺りで初春(ういはる)はいったん立ち止まり、重すぎるお肉の塊を床に下ろした。

背後を振り返ってみるが、乱暴に振り回したようなライトの光はない。ひとまず足音が明確にこちらを追ってくる様子もなかった。

「……自殺ツールじゃなかった」

　床に直接お尻をつけて背中を壁に預けたまま、ぽつりと甘蛇(あまへび)はこぼした。

「そもそもイグジットApp……と呼ばれているソフトウェアは、効率的に自殺をするために開発したものじゃなかった」

「なら一体……？」

「あの健康管理ツールを使うと、マッサージチェアが規定外の動きをして犠牲者を骨格レベルでぐしゃぐしゃに潰してしまう」

　それが？　と先を促そうとした初春(ういはる)だが、その言葉すら出なかった。

　褐色の女子高生はこう切り出したのだ。

「そもそもその時点で失敗だった」

「い、い、い、い、いいい」

「え……？」

「電極式の安眠効果のあるチェアを利用した『学習装置(テスタメント)』の一種だったんだ。ただしイグジットAppの場合、扱うのはソフトウェア的な記憶情報ではなくハードウェア方向だが」

「ハード、って、脳みそそのものって意味ですかっ？」

「脳のシナプスの配線を、自分で選んで遮断する効能。これが、あのツールの本来の用途だ。頭以外の部分が勝手に動いてしまうのはただの弊害(バグ)だし、まして、強いアルコールと一緒に使用する事なんて想定されてもいなかった」

「シナプスの配線を、自分で選んで遮断する……？　ますます意味が分からないですよ。何のためにそんなツールを作る必要があるっていうんです」

まだしも、健康管理アプリを作るとでも言われた方が利益をイメージしやすい。

あるいはいっそ、自殺するための非合法ツールの方が。

しかし甘蛇冴華は自嘲気味に笑った。

「……学園都市の子供なら誰でも分かると思うけど？」

「……、」

ようやく震えながらも動かせるようになった指先で、金髪褐色の女子高生は自分のこめかみをつつく。

「学園都市の超能力は、ここで作り出す」

「まさか……」

「頭の配線図は生まれ持っての才能に強く依存し、後付けの能力開発も基本的にこの性質を伸ばす程度のものでしかない。火の能力を煙の能力にアレンジさせる事はできても、火の能力から水の能力への根本的な変更はできない。ひまわりの種から薔薇の花は咲かない、という訳だな。どれだけ庭いじりを得意とし、遺伝に詳しい品種改良のプロが手間暇かけても、ここを願うのは筋違いだと」

だから学園都市の能力にはレアリティが存在する。

第三位の超能力者は電気を操る。誰でも知っている事実だが、分かったからといって自分の能力には応用できない。超能力者は学園都市でも七人しか存在せず、どれだけ努力を重ねても安易な量産は適わない。

天才。

越えられない壁。

脳のスペックという、本来なら分かりにくいものをこの上なく簡潔に突きつけてくる『弱肉強食』という絶対のピラミッド。誰に説明されるでもなく立ち会えば己の本能だけで理解できてしまうほどの、捕食者と被食者の連なり。

「で、でも」

そんな前提を、切り捨てる声があった。

甘蛇は確かに言ったのだ。

「脳のシナプスを、自分の意思で、狙った箇所だけ自由に閉じられる力があったら？　アマガエルやカメレオンが細胞の色素を利用して風景に溶け込んでいくように、シナプスの線の色合いを神経線維ごとに変えて電気信号の伝導率に変化をもたらし、脳の配線図の基幹構造そのものをリ・デザインできるとしたら？」

「能力は……後付けで変えられる？」

「短期研究では火の能力を水の能力へ変える、系統変化。それが成功すれば、長期研究では状況に合わせて十徳ナイフのように能力を切り替えられる、対応変化にまで手を伸ばすつもりだった。多重能力の一種。それこそ、カメレオンの皮膚表面のようにな。……もっとも、実際には最初の一歩目からして躓いてしまったが」

狙った箇所だけシナプスの信号を遮断する実験は失敗した。

コントロール不能のバグは人間をバキバキに折り畳む処刑マシンへと化けてしまったのだ。

そして強いアルコールと組み合わせると抵抗もなく破壊状況を受け入れてしまい、結果、人は自ら息を引き取っていく。

「なら何でそんな失敗作が外に出回っているんですか？　自分で失敗したと結論づけているような代物が⁉」

「……みんなが、それを望んだからだ」

耳を疑う言葉がやってきた。

それが真実なら、初春以上に信じられない想いをしているのは開発者本人かもしれないが。

「失敗作と分かって、プロジェクトを閉じても、それでもプログラムがよそへ流出した。死を望む彼らは失敗で構わない、というか成功しない方がありがたかった訳だ。一度ネットに出た情報は消せないから、良く似た構造の全く効果のないツールやコードを何万とアップロードした。アルコールではなくカフェインやカテキンじゃないとダメだと嘘の情報も山ほど投じた。……それでも彼らは探り当てたよ。デマだらけの海の中から、本当に死ねる組み合わせを」

「……、」

「何故そこまで正解を求めるのか？　決まっている。数字の計算で分かる利害なんかない、彼らの望みは一つだけだ。死にたい。ただ死にたい。ここまで一直線の指向性を、理性的な話し合いで踏み止まらせるなんて不可能だ」

怖い。

現実の事件には必ずしも答えがあるとは限らない。

いいや、正しい答えを導き出してもハッピーエンドで終わるという保証がない。大量自殺は止められない、という結論にハマってしまったら最後だ。

だから、唇を震わせて。

それでも渾身の力で初春はこう切り込んだ。

「……洩れたのは完成品のツールか、もしくは部分的なコードなんですよね？」

「？」

「そして誰でも簡単に作れるようなものだとしたら、特定の人間が製造と流通のルートの独占だってできない。自殺を求める人達は、自分の手でツールを作っている訳ではありません。何か特殊な機材や開発ソフトが必要なんじゃないですか？」

「そんな事を言われたって……」

「甘蛇さん！　開発者であるあなたにとっては当たり前にできる事かもしれません、でもあなたの才能は他の人に真似のできるものじゃない。少なくとも、私にはイグジットAppは作れません。諦めるにはまだ早い!!　あなたが知っていて、私の知らない何か。間にある階段を引っこ抜けば、誰もイグジットAppには手が届かなくなるはずなんです!!」

考え。

そして、褐色の女子高生は呻くように呟いた。

「アルコールだ」

「イグジットAppは単体でマッサージチェアに組み込んで『殺す機能』だけ追加しても、激しい痛みがあるから途中で飛び起きちゃう。だから先に強めのアルコールで意識を飛ばしておくっていうアレですか?」

初春は眉をひそめてから、

「でもあれは、確か効率的な意識の飛ばし方動画とかいうのが出回っていて……」

「動画じゃない」

吐き捨てるようにギャル系研究者は言った。

「そういう体裁を取っているが、アレはそのままマッサージチェアに組み込めるプログラムでもある。だから自殺志願者達は絶対に間違えないんだ」

「それじゃあ……」

「……『殺す機能』だけじゃない、今やそれも含めてイグジットAppなんだ。マッサージチェアに特殊なプログラムを差し込む事で被験者の血行を操り、お風呂でお酒を呑んだように確実かつ急激な酩酊状態を作り出す。元々の体質や耐性に関係ないレベルで」

『殺す機能』としてのイグジットAppは、もう誰にも消去しきれないかもしれない。

だけど、アルコールを使って意識を飛ばす機能の方を奪えたら？

激痛で飛び起き、途中でやめてくれるようなら自殺ツールは機能しない。

「だけどこっちもネット上でいくらでもコピーが生まれているはずだ。一体どうやって完全消去なんてしたものか……」

「『酔わせる機能』については動画サイトを使ってオンラインで配布されているんですよね？追跡の難しいリアルな手渡しじゃなくて」

「ああ、だから一体」

「ならそれは、私の領域です」

最後まで言わせなかった。

『殺す機能』と『酔わせる機能』。どちらか片方を奪えば絶対自殺ツールは力を失う。そしてオンライン側で蠢いている『酔わせる機能』だけなら初春がまとめてヤレる。電波の通じる地上まで出れば後はPDA一つで終わらせられる。

逆に、配布者が油断している今がチャンスなのだ。

顔も見えない誰かが警戒してオフライン取引に移ってしまったら、この手も使えなくなる。

だから反撃を許さず徹底的に一斉消去する。

「できます。方法を説明する事は可能ですけど、それより地上へ出て実際に見せた方が手っ取り早いはず」

「そ、そんな事が……」

そっと一息。

初春飾利のモードが明確に変わる。

「……念のためダブルチェックにしましょう。誰かさんが万が一オフライン取引に移ってしまった場合でも、二度とマッサージチェアで人を死なせない方法が一つあるんです」

「一体どうやって」

「イグジットAppが棲みつくデータ領域を、こちらで先に占有する。つまり、私の方から無害なウィルスを作って全世界のマッサージチェアを感染させてしまえば、もうイグジットAppに入り込める隙はできません。あなたの協力があればできる」

ようは絆創膏と同じだ。先に傷を塞いでしまえば雑菌は体の中に入れない。完全に無害であればパッチの方が正しいかもしれないが、誰の許諾も取らずにメモリを占有する訳だし。

「そういう意味でも、『殺す機能』と『酔わせる機能』、どちらも参考データが欲しいところです。用意くらいはありますよね？　それを持って地上に出れば、後は私が全部何とかします」

「ま、マッサージチェアといってもメーカーや型番によってセキュリティの構成は違うんだぞ？　それを一体どうするというん、ッ!?」

「しっ、しっ、しっ。人の命がかかっているんですもの、この私がやると言ったら必ずやり遂げてみせます。ですから早く地上へ……ッ!!」

いきなり誰かがぬるっとやってきた。

どこかぼんやりした調子で声が飛んでくる。

「……やらせないわよ」

かつん、という足音が後から聞こえてくるようだった。

なんか時空がねっとりと歪んでいるような。

もちろんここは一般には知られていない基幹ネットワークケーブルを通すのにも使っている暗渠。何の理由もなく人が現れるはずもない。

脈絡もない、と考えてしまうのは初春に全体を眺める力がないからだ。

あるいは初春よりも先に絶対自殺ツール・イグジットAppに関わっていたであろう、誰か。

具体的には女子大生くらい、だろうか?

本来であれば、決して警戒を促すような人物像ではないと思う。三つ編みの髪に地味なメガネ。服装だって足首まである長いスカートとブラウスの組み合わせで、上からカーディガンまで肩に引っ掛けた防御っぷりだ。年齢の割に化粧っけは全くなく、いつまでもクラスに一人はいる編み物好きポジションですといった顔立ち。身の危険を感じる方がおかしい。例えば暗い夜道で出会ったら、金髪褐色ギャル系女子高生よりこっちの三つ編み女子の方が安心感を覚えるだろう。第一印象なんてそんなものだ。

なのに、怖い。

何をするか予想できない。

ヒントさえも見当たらない。

おはようで笑ってこんにちはで滅多刺しにされる、そんな予測不能で意味不明な不発弾っぽい空気で満ち満ちている。だから初春は一歩も動けない。何となくはダメだ。こいつには万能調味料みたいな誰にでも通じる愛想笑いや相槌は通じない。今、迂闊に動いたら前後左右どこだって地雷を踏むと即座に本能が察してしまう。だから縛られる。物理的には何もないのに。

……何でこんな一目でヤバいと分かるのが何の監視もなく自由に表を歩いているのだ？

理屈とかじゃない、こんな、目には見えない分厚い壁を三六〇度万遍なく放射する人間を風景の中から切り取れないとか本当にイカれているのか学園都市は!!??

斜めに傾いたまま女はうっとり笑う。

「痛みも恐怖もなく、絶対に死ねるっていうから注文したのよ？　すでに道筋はできているの。なのにいつまで経ってもイグジットAppが届かない!!　……誰かが足を引っ張っているからだわ。幸せになりたいの。こうしないと、あの絶対自殺ツールがないと、まだ終わっていない、私はたっくんを振り向かせられない……」

絶対に死ねる、道筋、イグジットApp、足を引っ張っている、振り向かせられない。

褐色の高校生は理性的な話し合いは無理だと言った。だけど言葉の断片から抱えているものを推測し、初春は必死に踏み止まらせようとする。

地雷原の中を、改めて一歩。

(自分が死んで、別れた恋人に後悔をさせる?)

「ま、待ってください！　あなたがそんな事をしたって幸せになれる訳じゃ……」

「いいえなれるわ。私は自分の手でたっくんと幸せになるの。だって絶対に完璧に自殺ができるツールをあの女に使わせれば、それってどれだけ状況が不自然であっても自殺という結論をもらえるって話じゃない?」

「かっ……完全にイカれてます……」

にっこにこー。

すんごく柔和な笑顔が、そのまま左右に大きく裂けた。

双眸は爛々と輝いていた。

「あら?　せっかく誰でも自然に自殺できるツールがあるのよ。なら殺さなきゃ損じゃない」

とろっとろに蕩けた声。

もう、初春の息は詰まってしまった。

絶対自殺ツールの持っている可能性を読み違えていた。

この女、自殺をするツールを自殺以外の方法に使うレベルまで進化を始めている……ッ!?

「あっ、ああ、あ……」

甘蛇牙華は限界以上に両目を見開いて、口をぱくぱくと開閉させ、しかし何も言葉が出てこなかった。

自殺の時点で、底の底だと思っていたのだろう。

言い換えれば、これ以上ひどい事にはならないと根拠もなく願っていたはずだ。

しかし人間の欲望には終わりがない。

いくらでも学び、慣れて、さらなる進化を続けていく生き物だ。

不安定に揺らぐ声色で、淡く微笑みながら、斜めに傾ぐ女がうっとりと陶酔する。キレた女特有の妖しさが場の空気を塗り替えていく。古来の芸術家が般若の面として刻み続けてきた、科学を超えたところにある威圧そのものだ。

能力とか、才能とか、そんなものとは全く別次元。

目には見えない何かが初春や女子高生の魂を一気に縛り上げる。

決して、機敏な動きはなかった。

むしろ女はゆったりとした動作で、己の掌で愛おしげに何かを撫でていた。

お腹の下辺りを。

何となく、分かってしまう。

だけど意味するところを確定させたくない。

血の色が滴る猛毒クラゲの針に、これ以上魂を搦め捕られたくない。

締めつけの緩いゆったりしたロングスカートとか、わざわざカーディガンで寒さ対策をしている理由とか、たっくんとやらとの間に何があったのか、一見柔和で無害な女がこんなここまで徹底的にぶっ壊れている理由はつまり一言で言って何なのか。これ以上は絶対に踏み込むべきでないポイントが、一つきりではなく隠しても隠し切れない無数の点の連なりが、初春の思考を無視して頭の中で勝手に乱舞してしまう。それは邪悪な星々だ、パルサーだのクェーサーだの、強烈極まりない電磁波の瞬きで人の精神を蝕む宇宙電波系だ。

きっと。

この破滅は、中学生だの高校生だのの精神で安易に理解しようとしてはならない何かだ。

「うふふ、だから大丈夫なの。あははえへへ、お幸せにって言えよ？」

チチチチキチキチキ、という金属とか歯車っぽい小さな音の連続があった。

初春は分厚い段ボールとか切る大型のカッターナイフを連想した。

でも違う。

実際に女が取り出したのは金属製のメジャーだ。女はそれを腰の横から、まるで鞘からゆっくりと抜刀でもしていくかのようにチキチキと引き伸ばしていく。

その予想外のチョイスが、危機的状況を最後の最後まで進めても何にも意見が重ならないチグハグぶりが、それでいて明確に刃物の怖さを見せつけてくる金属メジャーのエッジ部分が、つまり全部が全部ヤバ過ぎる。

頭のイカれた女から負けたら一発で死ぬジャンケンを強要された上、命懸けの勝負を始める三秒前にいきなりグーもチョキもパーも存在しないと言われたような共通認識のなさ。

始めるのか、これで？

勝ちとか負けとか存在するのか、この勝負!!⁉??

「……大丈夫、大丈夫、私とたっくんは全然大丈夫なの幸せなの。こうしてべらべら迂闊な事をしゃべったって、誰に何を聞かれたって、結論は決まっているんだから揺るがない。イグジットAppさえ手に入れば、ツールがあれば薄汚れた雌豚を奇麗にお掃除できるの私達は笑顔になれるのハッピーエンドなの。だから寄越しなさいよ、幸せを招く絶対自殺ツールを私に寄越せえええええええええええええええええええええええええええええええええええええええええええええええええええええええええええええええええええええええええええええ!!!!!!」

呑まれていた。

物理的にどうこうではない。棒立ちのまま、空気を引き裂く音が初春の耳を叩いた。

# 7

その瞬間、初春は動けなかった。

だから押しのけるようにして前に出たのは、全く別の人間だった。

「があァッ!!」

金髪褐色の女子高生だった。

スタンガンの高圧電流からは回復したのだろうが、万全であってもその体で刃物を弾き返せる訳ではない。

「っ!!」

腰の横にある金属メジャーが鞭のように唸り、空気を引き裂く。

甘蛇牙華の頬に、決して浅くない刃物傷が走る。

だけど初春飾利が息を呑んだのは、傷や怪我そのものではない。

滴る色は、明るい緑。

「……『死毒生産』」

あるいは、それがきっかけだったのか。

絶対自殺ツールなんかじゃない。自分で能力を選んで付け替える装置を作りたい。

コンプレックスを物理的に取り除いて自由に羽ばたくための、イグジットApp。

「ああ、こんな能力大嫌いだった!!　自分の血を見ても赤くない能力なんて気味が悪くて仕方がなかった!!　でも仕方がないだろう、これが私の能力なんだから!!!!!!」

ヴン!!　と。

滴(したた)る色が液晶よりも鮮やかに変化する。

緑から青へ、青から赤へ、さらに色々迷って最後は黒へ。

そして能力については甘蛇(あまへび)自身(じしん)がすでに告げている。

サソリの尾、と。

「があっ!?」

一滴、だった。

跳ねた血(ち)の珠(たま)を体に浴びただけで、それも地肌ではなくブラウスの胸元が吸い取っただけで、露骨に女の体が真上に飛び上がった。後ろに下がろうとして足がもつれ、そのまま横の壁に体重を預けていく。

胸に浴びたのに、すでに唇と瞼(まぶた)が腫れ上がっていた。

「あびゅ、あなた、はふ、そぼ能力ばあ……ッ!!」

「己の血に必殺の意志を載せて対象に運ぶ、それがこの能力の正体だ。分類的には読心能力(サイコメトリー)の逆、触れた物品から人の心へ強制的にイメージを流し込むといったものらしいが、私の場合、死のイメージというと毒が固めやすいようだ。だがおかげでアコニチン、リシン、マイトトキシンといった既存の化学式のみならず、『モグラとイモリと蛇の血で人を眠らせる事ができる』といった真偽不明の伝説でもイメージの参考にできるらしい」

「っっっ!! ッッッ!!!?⁇」

「だが安心しろ。毒と呼ばれる効能は七色の血で全て創れる。そして自分で用意した毒素であれば、手足の延長のように操る事もできる」

コンプレックスは、取り除くだけが克服の方法ではない。

使い方の変化によっても定義は変わる。

守る。

という使い方を覚えた毒は、薬に変わるのだ。

「お腹の方には影響を与えない。絶対に。苦しむのは、お前の頭だけだ」

「ごのごぼおぼいばるびゃら、ぞぼじょうばいばでがぶがべろおおおおおおおおおおお!!」

親指でもって、頰の血を拭う。

真紅の雫はCDの表面のように揺らめいて、そして金色の液体で安定する。

指で弾くように軽く飛ばしただけで、決着した。

額の真ん中で、一滴が弾ける。

くるんと女の両目が真上に回転して、白目を剝いたまま気を失った。前のめりに倒れそうになった女の体を、甘蛇はそっと抱き留める。

仰向けに寝かし直した時、そこで気づいた。

倒れていた。

赤以外の何か。飛び散った一滴を浴びたのは女だけではなかった。初春飾利もまた、硬い床の上に投げ出されていたのだ。

人を助けるつもりで心血を注いで、そして世界を蝕んでいく。

「あ、ああ……」


結局、毒は毒にしかなれない。

甘蛇冴華はどれだけ努力をしたって、薬にはなれない。


「ああああああああああああ!!　ああああああああああああああああああああああああああああああああああああああああああああああああああああああああああああああああああああああああああああああああああああああああ!!!???」

両手で自分の髪を掻き毟り、ボロボロと泣く。

それでも、だからこそ、自分が傷つけた相手に近づく事も叶わない。

流れる血が、わずか一滴が、守りたかった人を殺す。

そんなおぞましい能力。

「だい、じょうぶ」

なのに、だ。

そんな声があった。

「大丈夫、です」

「なに、が？　うああ、何が自分で創った毒だ、何が手足の延長のように制御できるだ。結局、私は、結局何も変わっていない!!　何度でも何度でも何度でも、こんな風に自分で創ったもので人を不幸にしていく……っ!!」

「そんな事は……ありません」

起き上がる事もできないまま、それでも初春(ういはる)は笑っていた。

笑いながら、彼女はこう言ったのだ。

「だって、あなたが治してくれるから……」

倒れたまま手を取って。

毒にしかならない体へ自ら触れて。

「あ」

「あらゆる毒と同じ効能が創れるという事は、同時にあらゆる薬になるという事。だから、あなたにならできます。乗り越えられる。もう十分に苦しんできたでしょう？　それなら、この辺で逆転したってバチは当たらないはずです……」

振り払えなかった。

こんなに弱々しい手であっても、絶対に。

毒が入るべき隙間を先に無害な毒で埋める。そうする事で毒が作用する流れを寸断する、それもまた薬の一つ。つまり初春がマッサージチェアにやろうとしていた事と同じだ。

甘蛇冴華は床に膝を押しつける。

改めて向き合う。

胸の中心が言っている。もう克服すべき時だ。この子を助けて乗り越えるべきだと。

そうして彼女はもう片方の手も添えて、ぐったりした初春の手を包み込むようにして、額に押しつけ、まるで祈るような格好になって。

そして、少女は一滴の雫をこぼした。

色は宝石のような赤。

あらゆる毒は使い方次第で薬に変じると信じて。

# 第四章 御坂美琴とお嬢の終わり

## 1

そこは名門・常盤台中学のはずだった。

五つのお嬢様学校が集まった『学舎の園』の中でも、誰もが憧れる女子校。

しかし物陰から校庭の方を眺める御坂美琴の顔色は険しい。

もう何度目になったか数えていない。それでも彼女はぽつりと呟いていた。

「……最悪だわ」

『それでは多数決を取るかのう。この赤鮫先生が有罪だと思う者はおるかえー？』

「「「有罪!!　有罪!!　有罪!!　有罪!!　有罪!!　有罪っっっ!!!!!!」」」

スタジアムのような歓声がおぞましい。

歓声。それは期待や喜びからくる大音声の塊なのだ。

拡声器を使って時代がかったしゃべりをしているのは、しかし瑞々しい少女の声だ。物理的に首を中心にして吊るし上げにされようとしているのもまた、女の先生。

もちろん『学舎の園』は男子禁制。

となると周りで沸騰している連中も言うに及ばず、だ。

『新っ校則案では女生徒の下着の素材はシルクでも化学繊維でもなく木綿だけに限るとかぁ、ふざっけんなァああああああああああああああああああああああああああああああああああああああああああああ!!』

わあっ。

『制汗スプレーの使用は禁止、体を洗う石鹸やシャンプーの銘柄まで勝手に決めようとする！　これのどこに合理性があるのじゃ全部テメェら大人の異常な趣味じゃねえかっ!!　職員室でみんなの陰に隠れて決まり事を並べた超ド級の変態野郎を具体的に暴き出せっ、みんなの前で吊るし上げろおおおおおおおおおおおおおおおおおおおおおおおおおおおおおおおおおおおおおおおおおおおおおおおおお!!』

わあああーっ!!

『なぁにが最適な環境で世界に通じる人材を育てるじゃ！　わらわ達は命を持っている人間じゃ、大人の変態趣味で生きたまま加工されるラブドール製造機のベルトコンベアになんか乗らねえぞ!!　ルールを盾にして好き放題するセクハラ教師は全員ぶっ殺せええええええええええええええええええええええええええええええええええええええええええええ!!』

　わああああああああああああああああーっっっ!!!!!!

　地響きのような大音声を放っているのは、得体のしれない暴徒達ではない。普段は楚々として『学舎の園』を歩んでいる、れっきとしたお嬢様達なのだ。

　見ていられない。

　新しい校則案自体は美琴も顔をしかめる内容だが、案は案でしかない。おそらく黙っていたって今回も勝手に自然消滅していく程度のものでしかないだろう。

「だっていうのに……」

　美琴の視線の先。

　それ自体は、決して邪悪な存在ではない。どこの学校にでも普通にあるものだろう。正式名称は知らないが、旗を掲げる時に使う金属製のポールだ。根元にはハンドルを回して旗を揚げるための仕組みもついている。

　ただし旗らしい旗は何もない。

　太いワイヤーの先は、輪の形に縛ってある。

　誰の首にかけようとしているかは口に出すまでもない。

　意味するところも明白だった。そういう記号をわざわざ盛っている。

（あれから晩ご飯も食べていないのに、もうこれ？　まったく純粋培養っていうのは恐ろしい……）

上流階級なら騒ぎを起こさないというのもおかしい。何があっても絶対に爆発しないとか。逆だ、世界中で起きてきた戦争や革命でも眺めれば良い。優雅に、お上品に、お淑やかに……条件さえ揃えばお嬢様は叫ぶ。殺せと。

これくらい欧米なら当たり前なんです。

むしろ、そういう言葉が好きそうな群衆ではあるのだし。

（怒り慣れていない、っていうのもあるんでしょうけど）

そういう風に育ててきた教師陣にも問題はあるか。おそらくお嬢様学校の人間は、普通の人々より疑問を持たない。悪意を知らず、感化されやすく、だからこそ染まる時は呆気なく染まっていく。

今まで都合良く育ててきた存在が、大人の都合から派手に脱線して暴走を始めている。まるでワイン造りに失敗して樽の中がカビだらけになるように。

意味も考えずに清くあろうとする者は、ルールそのものが揺らぐ瞬間に弱い。

純粋な結晶は得てして外からの衝撃には脆いものだ。

美琴が粘ついた空気に呑まれていないのは、あるいは、日頃からストリートをうろうろしていたおかげで適度に不純物を取り込んでいたからかもしれない。

（これなら食蜂洗脳ワールドの方がまだマシだわ。つか、ぶりっこ女狐今どこで何やってんだ……？　あの腹黒だし、不純物の摂取量なら私に負けてるはずないんだけど……）

お嬢様の塊は、拡声器で増幅された声に煽られるがままだ。

今すぐ助けないと『死刑台』に立たされた女教師は首を中心にしてストラップのマスコットみたいに宙ぶらりんだが、闇雲に飛び出せば自分がああなるかもしれない。個人戦では最強ランクの御坂美琴であっても、それでも数百人単位の高位能力者の集団をまとめて蹴散らせるか、となったら勝負の種類が変わってしまう。学園都市第三位といっても、それとは別に『相性問題』が存在しないとも限らない。

それに美琴は今、白井、初春、佐天といった仲間達を抱える身だ。

何より、同じ常盤台や『学舎の園』の中で殺し合いなんかやっても誰も得をしない。いくら戦ったって味方と味方で消耗していくだけだ。

美琴の敵はこの異様な状況を作って無数のお嬢様を煽っている『扇動者』本人のみ。

（かといって……）

視線をよそに振る。

ここまで問題が悪化してしまったのなら、『学舎の園』の外にいる警備員達に頼るのが筋かもしれない。だけどそういう当たり前の選択肢が取れない理由が目の前にあった。

御坂美琴の三歩先。

海上空港などを作るための、メガフロート系軽量アルミ合金で迅速かつ密かに足場を固めていたとはいっても完璧ではないのだろう。いくつか一辺数メートル大のブロック状に地面が『抜けて』いる場所が見える。

そう。

青。足元に広がるのは高空の色。

今現在、事実として『学舎の園』は高度五〇〇〇メートル地点を浮遊しているのだ。

ばるばるばるばる、という太い音があった。

チェーンソーよりもさらに重たい響き。どちらかというと軍用輸送機のエンジンにも似ているが、おそらく理屈だけなら飛行機関係ではないだろう。

空飛ぶ車。

あるいは空撮ドローンなどで使われる二重反転ローターだ。

(……ったく、四角いキューブの大地がガラガラ崩れてみれば、出てきたのは一つ一つが円形農場みたいなサイズのローターが全部で何個？　グリッド系の並列リンクで連動しているでしょうし、個別に操って回転止めるだけじゃバランス崩して墜落するだけだろうし)

通常の法律も、学園都市独自の条例も通用しない理由もこれだ。

大人達の救援が期待できない訳が、この上なく物理的に提示されている。切り離された空間は独立を宣言していた。何人も天空の檻から逃げ出す事は叶わず、中心に立つ『扇動者』の意に沿わない事がうっかり体の外まで滲めば、それを誰かに見咎められれば、速やかな密告と共に愚かな正直者はあぁなる。

吐く息が白い。

どうしてこんな事になってしまったのか。

御坂美琴はもう何度目になるか数えてもいない呟きを再び洩らしていた。

「……最悪だわ」

2

もちろん最初から『学舎の園』が大空を飛んでいた訳ではない。

その日まで、何事もなく地べたに張りついていた。

3

「うわすげえっ、ほんとに入っちゃったよ『学舎の園』……」

そんな風に呟いたのは佐天涙子だった。欧風に整えられた街並みをあちこち見回して、飛行機みたいに水平に挙げた両腕をさらにぱたぱた上下に振っている。

「常盤台(ときわだい)とか、場合によっては本物のお姫様とか入試にやってくるって話でしょ？　しかも外交圧力とかガン無視で実力が足りなければ容赦なく落とす。そんな場所に遊びに来られるだなんてにゃーんセレブな気分だにゃーん☆」

　何やらヨーロッパ辺りへの海外旅行よりも浮き足立っている。この風船みたいにふわふわしている女の子は紐(ひも)から手を離したらどこかに飛んでいきそうだ。

　出迎えた美琴(みこと)はちょっと苦笑いしながら、

「別に初めて来るって訳でもないでしょう？　そんなにはしゃぐほど珍しいものでもないと思うけど。ねえ初春(ういはる)さn
「どぅるほほほ!!　機密保持のために写真撮影などができない以上は深呼吸、ここは深呼吸ですよ佐天(さてん)さん！　お嬢様時空にだけ存在が許されている高等世界粒子を一粒でも多く体に取り込み、持ち帰って、己の魂の位を上げるのです!!　おーっほっほっほっほ！　……いっ、言えてる……？　すごいっ私今あの伝説のおほほ笑いが自然と口から出ていますよ佐天(さてん)さん！　これぞシンデレラガール。どぅるは光り輝く私の魂は枯れた色の脱皮を終えて今ここに報われたア!!　我はもはやおはようからさようならまで何でも使える万能呪文の使用を恐れず……ごっきげんよーうっっっ!!!!!!　ひゃっはーッ!!!???」

（ど、どうしよう。変態(ドーパミン)レベルが瞬間的に『あの』黒子(くろこ)を超えてきた、ですって……？）

ごくりと喉を鳴らして一歩仰け反る美琴。

忘れてはならないのが、初春飾利は大体いつも内気でブレーキ役な常識人だけどお嬢様世界に対する変な憧れを抱いている点だ。取り扱いを間違えると白井黒子とは違った世界観でぶっ飛んだ事態に巻き込まれる。ちょいとしたカルトの香りが漂うレベルで。

ちなみに初春の口から自然とおほほ笑いが飛び出したのはカルトによる洗脳ではなく、『関西圏に三日くらいいると脳の言語中枢に大阪弁が刷り込まれていく理論』だろう。

というのも、

「おーっほっほっほ!! このわたくしが婚后航空の経営に参加してお父様を支える日がやってきた暁には、全世界的な海外旅行の網のみならず民間宇宙旅行の分野にも大きく羽ばたいて……っ!!」

「まあまあ、素晴らしいですわ婚后さん。夢に具体性があるのは良い事ですもの」

「最後のフロンティアは宇宙と深海、それから人の心の中かしら。婚后様のその勢いがあれば全て制覇してしまいそうですわね、うふふ」

……とまあ、行き交うお嬢様達が大体みんなオペラか仮面舞踏会みたいなしゃべり方なので、そりゃあ耐性のない人は言葉が感化だってされていくか。多分慣れない関西旅行と一緒で、元の学園都市生活に戻れば勝手に口調も戻っていくだろうが。

ともあれ、

「そんなに理想通りの場所でもないんだけどね」

実情を知る美琴としては苦笑いするしかない。

「先生達は毎度意味不明な校則を増やそうと躍起だし。五つのお嬢様学校の生徒会が突っぱねてくれているから今のところは問題ないけど、下手すりゃ下着の素材まで先生達の手で決められかねない可能性があるくらいだし」

「でもあたし達にとってはなかなか入れるものじゃありませんもん、『学舎の園』なんて。名門常盤台中学も推薦入試の面接試験の時期でしたっけ？　まあ何にしても開放的なのは良い事だー」

「……そう甘い話でもありませんわよ」

はあ、とダウナーに息を吐いたのは白井黒子だ。

右肩に腕章をつけているから、お嬢様ではなく風紀委員の顔が強く出ているのだろうが。

「いつもより開放的という事は、普段は入ってこないような人間も潜り込んでくるという話ですもの。良からぬ事態の発生も想定しなければなりませんわ。うあー、まったく何にでも疑うこの生活に肩が凝りそうですの。人間の善性とか信じたいー」

「何でですか？　外から来る人って受験関係でしょ。内面（笑）が問われる推薦なんだし、受験先の学校で自分からトラブル起こしても得をするとは思えないけど」

言われても佐天は納得できないようだった。

白井は白井で肩をすくめて、

「学力、内申点、能力レベルなどを見比べた上で、最初からライバル達とのレースに勝てないと自己判断した場合は面接なんか適当に流して、いっそ一つでも多くの高度能力開発関連技術の機密情報を目で見て持ち帰った方がまだしも『得』をしますもの。事実として、自分の不合格を信じて情報盗難に集中してしまう後ろ向きの超ポジティブ人間も報告されておりますわ。未遂であれば、過去の記録の中に何度も」

「えっ……？　中学入試って事は、受験すんのって小学生でしょ？　夢の推薦入試を放り出して悪い大人達と連動しての産業スパイ行為とか、そっそんなに世知辛いの？？？」

「さてーん。子役タレントがカメラの前で自由自在に大粒の涙を流すのは、哀しい事が起きたからではありませんわよ？　そして残念ながら、才能があっても正しく扱えない人間は常に一定数存在します」

そもそも佐天涙子だって去年までは小学生だったのだ。そして中学校へ上がった瞬間にいきなり嘘や悪知恵が頭に降りてきた訳ではない。

子供だから天真爛漫に決まっている、なんて信仰は治安維持の分野では通じない。

三つ子の魂百まで、という先人の経験則が有効なら悪人は三歳の時から悪人として振る舞う事になってしまう。

……考えるほどに、すげえー肩が凝る話ではあるが。

「まあ推薦枠の受験戦争とか超平凡なあたし達にはしょーじき関係ないからなー。巨大ITの跡取り娘とか一国のお姫様とかって肩書きでも足りないレベルの超難関面接なんでしょ。どうせ一生縁なんかないんだ、ぐおお庶民は庶民なりに目一杯『学舎の園』で遊び倒すぞーっ‼」

「(……ですからそういうヤケクソ思考の犯罪者に警戒せよという話なんですけれどナー?)」

ちなみに美琴や白井が平日のこんな朝っぱらから表をぶらついているのは、例の推薦入試まわりで学校の授業がお休みになっているからだ。初春と佐天の学校は知らない。……ほんとに大丈夫なのか義務教育だろ？　と思わなくもない美琴である。

「みんな、赤鮫先生についてきてるー？　それじゃあ次のランドマークはこちら、この角を曲がった所にあるのが『あの』常盤台中学の学舎の園内部学生寮で……」

「クレープだよ。お菓子じゃなくてご飯になるのもあるよ、ツナにレタス、後は潰したジャガイモを挟んだヤツ。自家製のごちそうマヨネーズと絡めると美味しいの」

「おねえちゃーん、どこー？」

わいわいがやがや。

話によると、付近の地震計がちょっと誤作動するくらいの人混みらしい。おかげで防災警報アプリのアラートが暴発する事もあるんだとか。

後に控える一般入試向けのオープンキャンパスも兼ねているのかこれも推薦枠の生活態度を測る一環なのか、観光ガイドみたいに小さな旗を振っている女教師がいる。歩道と隣接した車道の脇にはキッチンカーも多い。そして改めて見てみれば、制服を着ていない小さな子供が多い。大人や中高生の姉と手を繋いでいるパターンがほとんどだが、中には一人で不安げにうろうろしている子もいる。一体どこのデモンストレーションなのか、台座の上にはピカピカの空飛ぶ車が置いてある。まあ仕組みは『デカい空撮ドローン』なのだろうが。

美琴は遠い目をして呟いた。

常盤台のエースがここまで他人の不幸を喜ぶ場面も珍しい。

「哀れだわあー食蜂。あの女の学生寮、すっかり見世物扱いされてやんの。ぷっくく」

「立入禁止の『学舎の園』の外にある御坂さん達の寮の方が、年中無休で立ち寄りチラ見待ち伏せし放題でヤバい気がしますけどねーあはは。寮の位置とか都市伝説サイトにマップでピン立ててあるみたいですし、もはや名所ですよ名所！」

佐天が洒落で言って美琴がバッキリ石化した。

一方、白井は群衆の中で別の所を見ているようだった。傍らで同じ腕章をつけている初春の肩を軽く叩いて指先で注意を促し、

「……『お姉ちゃん、どこ』。あの子、これで三回目の不特定呼びかけですわね。『学舎の園』全域はそもそも部外者撮影禁止エリアですし、一般人を巻き込む系のイタズラ動画などの冗談とも思えません。迷子と推定。危険度低で保護行動開始」

「やりますけど、あれ、私って『学舎の園』の中でも活動して良いんでしたっけ？」

それを言ったら屋外の治安維持活動は基本的に大人達で作る警備員（アンチスキル）の仕事だ。

そしていったん仕事のスイッチが入ってしまえば彼女達は風紀委員（ジャッジメント）である。例えば道端で泣いている小さな子供を見かけた時は、その瞬間から自分自身の未熟や頼りなさは消失する。誰もが持っている当たり前の弱さを見せない事が最大の安心を人に与える、という事実を自覚できる。

相手は亜麻色の髪を肩の辺りまで伸ばした少女。前髪については横一直線に切（き）り揃（そろ）えてあるので、ちょっと和風っぽいテイストが混じっている。比較的小柄な白井（しらい）よりもさらに背が低いのに、着ているのはスーツだった。ひょっとすると推薦入試の面接にやってきた受験生なのかもしれないが、どうにも七五三臭い。

「風紀委員（ジャッジメント）ですの。わたくしは白井（しらい）でそっちは初春（ういはる）、お嬢ちゃん一体どうしましたの？」

「すっげー、流石（さすが）白井（しらい）さん。あの変態が教育番組のお姉さんみたいな声出してるし」

佐天（さてん）こいつぶっ殺してやろうか、と心で思っても顔に出したら負けだ。風紀委員（ジャッジメント）の流儀なのだから、部外者が知らないのは当然なのだし。

「もう佐天（さてん）さんったら、変態さんは変態さんであってもお仕事はできる変態さんなんですからちょっと黙っていてくださいよー」

「おめーは風紀委員（こっち）サイドだろうがほんとにぶっ殺してやりましょうか初春（ういはる）⁉」

ぷっ、と小さく噴き出す音があった。

笑っている。さっきまでお姉ちゃんお姉ちゃんと呼びかけて目尻に涙を浮かべていた小さな女の子が、である。棚から牡丹餅（ぼたもち）？　瓢箪（ひょうたん）から駒が出る？　そういえば、自らおどけて失態を演じる事で要救助者との心理的距離を縮める方法もある、と警備員（アンチスキル）との合同講習でジャージの巨乳女教師から拝聴した事はあるが……。

ともあれ、その子はこう言ったのだ。

「おねえちゃんがいないの」

「ああ、やっぱり迷子だったんですね。名前とか写真とか、何か特徴の分かるものはありませんか？　例えばほら、携帯電話のアルバムとか……」

「違うの」

こういう迷子案件なら白井（しらい）より初春（ういはる）の方が得意なのだろう。膝を折って目の高さを合わせた初春（ういはる）が検索材料を引き出そうとしたが、そこで遮られた。

レコードの針が小さな傷に触れ、予想していた溝から弾（はじ）かれる。

大きくどこかへ飛んでいく。

「おねえちゃん、本当にいいなくなっちゃったの」

4

「はー。こっちの支部に来るのは久しぶりですわね」

「常盤台内部にある〇〇三支部は白井さんのホームでしょう、まったくもう。普段どれだけ一七七支部に入り浸っているんですか」

「……そういや白井さんのお気に入りのティーカップって、一七七支部の方になかったっけ？」

ぶつくさ言いながらも、白井がドアの鍵を開けて美琴達がぞろぞろと入っていく。その中には例の迷子も含まれていた。

小さな女の子の名前は夕暮爪羽鶏というらしい。

制服以外の服装で年齢は一二歳。……となると小学六年生だから、『学舎の園』にいる理由は明白だ。常盤台中学への推薦入試の面接試験のためにやってきた。

とはいえ、大事な受験だ。治安の良さは折り紙つきの『学舎の園』の中といっても普通なら親や姉など身内の保護者か、それを請け合う私設警備などと一緒に行動するもの。ちなみにご家族が学園都市に来られない事も多いので人気らしい。爪羽鶏の場合は姉であり、常盤台中学に通う二年生の夕暮金糸雀が面倒を見てくれるはずだったのだが、

「へぇー。夕暮さんって、そっか、もしかしてスズメちゃんの妹？」

そういえば切り揃えた亜麻色の前髪に覚えがあった。姉の金糸雀の場合は腰まであるロングヘアだったが。

「そういや二年生っていうと御坂さんとタメですね。お知り合いなんですか？」

「クラスメイト。とびきりヤバい子よ」

アホの口から笑顔でぽろっと出た。

消えた家族の知り合い――それもニックネームで呼ぶほど仲が良さそう――という事で一瞬、パッと顔を明るくして心の扉を開けかけたところでとびきりハードな揺り返しに襲われたからだろう。一二歳の少女の目尻にみるみる透明な粒が浮かんでしまう。

正義モード側の白井黒子が額から二本角の幻覚すら滲ませて叫んだ。

「ぶルぐお姉様ァ‼」

「えっ？　ああ、違う違う！　能力よ、能力の話。持ってる能力がヤバいってだけで、スズメちゃん本人は普通に良い子だってば‼」

慌てて否定する美琴は、自分の携帯電話を取り出して知り合いに連絡を入れてみる。が、それっきりだった。芳しくない、と言っては大泣きを誘いそうなので、美琴は佐天にアイコンタクトだけ投げていた。

つまり、クラスメイトと繋がらない。

電源を切っているか、あるいは深い地下にでもいるのか。この学園都市の中だと、むしろ電波の入らないエリアを探す方が大変なはずなのだが？

佐天も佐天で無理にねじ込まず、さらっと話題を変えてくれた。

「でも、学園都市でも第三位の御坂さんが思わずヤバいって感じちゃうくらいの能力なんですか？　やっぱり常盤台って魔物の巣窟だなあ……」

美琴はぽつりと呟いた。

「『完全消毒（ミクロダイイング）』」

結構呆れた調子で、

「ようは、スズメちゃんのは触れただけで目には見えないあらゆる微生物を抹殺する能力よ。判定は強能力（レベル3）扱いだけど、どう考えたって実際にはそれ以上ね。ちょーうヤバい」

もじもじと、ソファに座る夕暮爪羽鶏は反応に困っているようだった。間違いなく大好きな姉が褒められているはずなのだが、褒められ方がバトル一直線で凄まじく問題があるからだろう。

「あれ？　でも御坂さん、それだと薬用石鹸とあんまり変わらないような……」

説明されても訝しげな佐天の口振りに、美琴はにやりと笑ってこう付け足した。

「そうかしら、例えば掌でお腹を撫でただけで腸内細菌なんか善玉悪玉問わず全滅よ。全身の肌も舌の上も、みんな微生物がバリアみたいに守ってくれているから日頃の健康を保てているんだもん。それをいきなり『全部』奪われたら人間はどうなるかしら。……ぶっちゃけ、生きたまま体中にカビがもっさり生えてお陀仏よ？　肌の上から口の中までね」

うえ……と聞いた佐天が呻いていた。

それに触れただけで微生物を殲滅する訳だから、彼女はどんな細菌に対しても防護服やマスクを必要としない。究極的には、自殺紛いの方法でありったけの殺人ウィルスをばら撒いても自分だけは無傷でいられる訳だ。組み合わせ次第では個人の暗殺から超国家レベルの大量破壊まで思いのまま。はっきり言って、殺傷力だけなら超電磁砲(レールガン)よりヤバい能力だと思う。

夕暮金糸雀本人が常時スーパースローの呪いがかかった極限ほんわかお嬢様だから思いつかないだけで、悪知恵を学ぶほどにヤバさが跳ね上がる能力なのだ。

佐天は首をひねって、

「じゃあ妹の、ええと爪羽鶏さん？　この子も同系統の能力持ちなのかな？」

「ううん」

これは迷子関係に影響しないのだから、答える義理はないはずだ。が、根っこで人を疑わない性格なのだろう。白井の何気ない呟きに、ふるふると首を横に振って夕暮爪羽鶏はこう言った。

「……あたしのは『血中肥大(マクロダイイング)』。おねえちゃんとは違う能力」

「まくろ？」

「一応、『書庫（バンク）』の方でもデータは出せますけど」

やって良いのかな？　という顔はしているが、すでに初春（ういはる）は検索を終えている。

「『血中肥大（マクロダイイング）』、判定は大能力扱い（レベル4あつか）。自らの血液成分である赤血球、白血球、血小板、血漿（けっしょう）、マクロファージ、コレステロール、アミノ酸などを巨大化して意のままに操る能力、だそうです。例えば白血球の場合は最大二メートル大まで膨らんで敵対者を瞬時に丸呑（まるの）み、消化するレベルだとか。能力系統的に言っても相当のレアケースですね。白井（しらい）さんの『空間移動（テレポート）』以上に」

美琴（みこと）さえぎょっとした。

一滴の血の中にどれだけの血液成分が詰まっているのだ、異物と戦う白血球だけでも五〇〇〇から一万近くあったはずだ。その説明が事実なら、個人で最強な美琴（みこと）や白井（しらい）とはまた違った、一人で大軍勢を操る軍師タイプの高位能力者という事になるのだろう。確かに姉の金糸雀（かなりあ）とはカテゴリが違うが、やっぱり単純に序列を決められるものでもない。工夫次第で何がどこまでできるのか、いくつか頭に浮かべてしまう美琴（みこと）。そして思わず額に手をやった。

……例えば輸血や人工透析がありなら、なんかいきなり世界の破滅とかを思い描けるのだが

……？

佐天（さてん）は佐天（さてん）で、単純にレベル制度だけを見ているようで、

「庇護欲丸出し（ひごよくまるだ）しのくせして中身はバケモンかこのちびっ子。うう、この歳（とし）でしれっと大能力者（レベル4）とか、自転車レースだっつってんのにロケットエンジンで一気に追い抜かれた気分。やっぱり

何だかんだで名門常盤台に推薦でやってくるような天才少女なんだなあ……」

「……でもあたしは、この能力あんまり好きじゃない」

「何でです？　せっかくの大能力者なのに」

「注射嫌いなのに、能力を使うのにいちいち血を出さなくちゃいけないんだもん」

まあ言われてみればそうか。

そういう意味では、美琴と違って『始動』が大変そうな能力ではある。

いちいちそんな心配せずともお姉様道に覚醒めれば妄想するだけでいくらでも鼻血が、と言いかけた白井黒子を美琴は笑顔のまんまグーでぶっ飛ばしつつ、

「その、スズメちゃんがいない、いなくなった、っていうのは？」


いよいよ本題だ。

夕暮爪羽鶏を保護した際、彼女は念を押すようにこう言っていた。『お姉ちゃんは「本当に」いなくなった』と。単に待ち合わせの場所や時間を勘違いしていて街中ですれ違ってしまったとか、人混みの中でふと繋いでいた手を離したらそのまま見失ってしまったとか、そういう訳ではなさそうだ。

「……おねえちゃん、いなくなっちゃったの」

きゅっと膝の上で小さなクーを握り込んで、夕暮爪羽鶏はそう切り出した。

「本当はすぐに会うはずだったんだけど、おねえちゃん、何かを探しているって電話で言ってた。調べている事を誰かに見つかったらまずいんだって。終わったら、おねえちゃんはすぐに来てくれるって約束してくれた。でもいつまで経ってもおねえちゃんは来てくれないの……」

この推薦入試期間の真っ最中に、『何か』をしている。

美琴と白井は視線をぶつけ、白井側が唇の手前で二つの人差し指をバッテンにした。分かっていても不安がらせる事はしゃべるなこの野郎、と後輩が目で語っている。超念入りに。

可能性はひとまず三つくらいだろう。

一つ、いかにも怪しいが証言と状況に関係はない。例えば金糸雀は普通に寄り道して買い食いしている間に約束を忘れてしまったり、小さな事で先生に叱られている真っ最中だから妹とスマホで連絡できないなど、平和的なオチはいくらでもある。

二つ、いかにも怪しい話は普通にビンゴだった。夕暮金糸雀は情報盗難など、推薦入試シーズン特有の水面下で進行する事態を暴こうとしてトラブルに巻き込まれている。

三つ、別の意味でのストレート。夕暮金糸雀こそ内部機密情報を盗む側の人間だ。

美琴はそっと息を吐いて、

「……これは根拠というには弱いけど、スズメちゃんって新聞部なのよね。しかもほんわかしている割に約束事にうるさくてとんでもなく正義感が強い」

「あら、正義を持て余しているなら風紀委員に来ればよろしいのに」

「スズメちゃんは常時スーパースローの呪いがかかっているお嬢様だから、風紀委員関係は体力測定の試験を突破できなかったみたいよ」

「……あれ落ち、壁にぶつかる人とかいるんですの？　て、体裁だけは試験の形は取っているものの、何だかんだ言っても『あの』初春でも突破できる程度の激甘難易度ですわよ……？」

しらいさん……、という初春からの怨嗟の声は誰も聞かなかった事にした。

落ちる、との言葉を避けたのは夕暮爪羽鶏が受験でやってきたのを思い出したからだろう。

美琴はそっと息を吐いて、

「だからいっそ、警備員と風紀委員を両方監視して透明性を高められる民間で三つ目の勢力を作りたい……ってモチベで動いているみたいだけど。だとすると普通にど真ん中のビンゴかなあ、これは」

しかし、これだけでは妹の夕暮爪羽鶏を安心させるには全然足りないだろう。そっち方向で当たりを引いて姉の金糸雀が潔白だったとしても、それなら何で彼女が音信不通になったのだ、という根本的な問題が残る。悪人が別にいるなら情報盗難の疑いは晴れるが、今度は大好きなお姉ちゃんの身の安全が保証できなくなってしまう訳だ。

そもそも、夕暮金糸雀は何を見つけて誰を追いかけていたのだ？

妹を一人で残さなくてはならないくらい手が空かなかったのなら、新聞部としての取材活動もクライマックスを迎えていたはずだ。そんなタイミングで何者かから妨害を受けて、音信不通となってしまった。

何かに巻き込まれたっぽい金糸雀を見つけて保護するためには、ここを特定するのが手っ取り早いか。美琴はそんな風に当たりをつけていく。

「でも御坂さん」

普段から慣れている一七七支部と違ってようやく給湯スペースまわりの勝手を学び始めてきた佐天が、温めた牛乳から作った自分のココアを確保し、ちょっと考え、口をつけずに幼い爪羽鶏の方へ回しながらそんな風に呟いた。

「ここって、あの『学舎の園』でしょ？　常盤台はもちろん、合計五つのお嬢様学校が共同出資して作った究極の純粋培養空間。ぶっちゃけこんな所で事件なんて起きるんですか？　それも、人間一人が丸ごと行方を晦ます神隠しだなんて」

もちろん佐天だって心得ている。心細い証言者の信頼を得るためには、どれだけ荒唐無稽に聞こえてもその言葉を否定するようなコメントを出してはならない、と。

だからそれは、『専門家』からの切り返し前提で誘いの質問だったのだろう。

もちろんありえない、と即座にばっさり切り捨ててもらう事で、独りぼっちの夕暮爪羽鶏を安心させたいという意図があっての地雷踏みだ。

なので、だ。すぐさま答えが返ってこない事で、逆に言った佐天自身が焦り始めた。

誘いに乗ってくれないと困る、といった顔で。

「えっと、あの、御坂さん？　白井さんもどうしたんです？」

再度の促しがあっても、一番詳しいはずの常盤台生二人の歯切れが悪い。

美琴は白井に視線を投げて、

「うーん……黒子」

「まあ、眉唾だとは思いますけれど。やっぱり可能性としてはアレかしら」

## 5

ひとまずまだ一二歳の夕暮爪羽鶏には面接試験に集中してもらう事にした。比較的希望のある推薦枠であっても大切な受験の当日だ。お姉ちゃん捜しのためとはいえ、これを蹴ってしまっては冗談抜きに人生を左右してしまう。

「大丈夫」

別れ際、電話番号を交換すると美琴は小指を差し出して約束した。

「スズメちゃんは私のクラスメイトでもあるのよ。絶対に見つけてみせるわ、だから安心して試験に行ってらっしゃい」

「うん……」

「約束したからね。だからもう心配はいらない。さあほら、赤鮫先生が呼んでいるわよ」

廊下の向こうに消えていく小さな影を、美琴は最後まで笑顔で見送った。

それから一転して、

「……『学舎の園』でガチの事件が起きるとすれば、ロ、ス、ト、ピ、ー、スくらいしかないわね」

聞き慣れているか否かは、顔色へ如実に現れた。

そもそもいくら推薦入試のシーズンで情報盗難を狙う産業スパイが出入りしている疑惑があるとはいえ、ここは天下無敵のお嬢様エリア。あからさまに人間一人が軽々と消える神隠しが起きるほど『学舎の園』は甘い警備をしていない。めぼしい場所は風紀委員や警備ロボットが見て回っていて、数の限られた外へ繋がるゲートにも夕暮金糸雀は映っていない。

つまり『学舎の園』の中にいて、かつ五つの学校のどこも手出しのできない特殊を極めた隙間も隙間。それ以外にこの消失状況は作れない。

美琴と白井は既知、そして初春と佐天は初耳できょとんとしている。

ややあって、おずおずと初春が切り返してきた。

「ロストピース、ですか？」

「そ。佐天さんがさっき言っていたでしょ、『学舎の園』は常盤台を含む五つのお嬢様学校が共同出資して作った純粋培養空間だって。それは間違っていないわ」

美琴は親指で昇降口の方を促して、

「……つまり逆に言えば、『学舎の園』は一見平和なんだけど、その内部は五つの学校がギリギリとせめぎ合って勢力争いをしている状態なの。お嬢様にはお嬢様なりに、目には見えなくても縄張りってものが存在する。ようは国境線と同じよ。中にはみんなが自分のものだと言い張って緊張が常に高まっている、危険な係争地も存在するって訳」

「それがロストピースですわ。『学舎の園』に何ヵ所か存在するジグソーパズルの欠けた隙間という訳ですわね。誰もが権利を主張するから、誰も管理ができなくなっている空白の点。ここだけは、警備ロボットの巡回や防犯カメラの設置もできておりません。どこの学校が警備を担当するのか、の所からして先生達は揉めまくっておりますからね」

そして誰にも監視されないという事は、誰にも言えない欲望が噴出する危険性のある街の死角、という意味でもある。見た目は雑に放置された工事現場や人工林であっても、限られた土地に妙な付加価値がついてしまっている。

人間は人間。生粋のお嬢様が聖人君子でない事くらい、当の美琴本人が誰よりも理解している。むしろ普段からお勉強だの礼儀作法だので大人達から強く頭を押さえつけられている分、溜まりに溜まった鬱憤が監視不能エリアでどのように噴出するかは予測がつかない。

バヂッ、と美琴は前髪から青白い火花を小さく散らしつつ、

「……正直、お嬢様学校の隠れヤンキー、くらいだったら可愛いものなんだけど」

「何しろ今は推薦入試の真っ最中で、どさくさに紛れて産業スパイが侵入を企てる面倒な時期でもありますものね。正義感が強くてスーパースローの呪いの組み合わせとか、正直良い予感は全くしませんけれど……」

四人全員でドカドカと校舎を出る。

いっそ非生物的なまでに整った石造り、欧風の街並みも、ここで人が一人消えているという事実が分かってくると雰囲気は一変する。そしてその事実に、平和な世界を生きる人達は全く気づいていない。まるでディストピア系のSF映画に出てくる『新技術は絶対に安全です』の謳い文句だ。道端にゴミ一つない整然とした街並みも、洗練されたカフェの店員の笑顔も、影の部分が少しも見えないと逆に強く疑いたくなる方へ少女達の心が傾いていく。

『真に高い価値を有するお嬢様とは何か。ただ大人達の言いなりになって行動するのが己を高める鍵となるのか！』

「うわ」

が、その辺に並んでいる装飾柱の液晶広告にまで噛みつく佐天は流石に過敏過ぎるだろう。

『これは我が常盤台中学に限らず、「学舎の園」ではもっと生徒の自治を確立し、これをもって自らの行動を律する責任を自覚させる事こそが肝要とわらわは考えるのじゃ!! 大人の先生に言われたからルールを守るのではなく、一人一人が自ら守るべき理由を考えねば人を思いやる気持ちなど発生しないのは自明の理であり……』

風力発電のプロペラから試験的に太陽光のパネルに切り替わっているからといってどうだというのだ。なのに佐天は美琴の肩を叩いて、

「御坂さん、何なんですかあれ？」

「学校対抗のディベート大会じゃない？　言ったでしょ、『学舎の園』は一見平和だけど水面下じゃ五つのお嬢様学校が縄張り争いしてるって。健全な対立であれば互いの能力を高める燃料になるって考えだから、大人達も割って入ってまで止めたりしないし」

「……ええと、一応、常盤台中学の代表みたいな顔してテレビに映っていますけど」

「自称でしょ？」

初春の質問を、美琴はばっさりと切り捨てた。

「少なくとも、別に生徒会とかとは関係ないわ。あの赤毛なのじゃ、どこの誰だか知らないし。そもそも個人の能力開発か集団の派閥争いが最優先の常盤台じゃ『個人のディベート』ってあ

まり効力がないのよね。他の四校は知らないけど、うちじゃせいぜい部活や派閥の広告塔くらい？　一つしかない席をみんなで奪い合うほど人気はないし、誰かが代表を名乗ったところで羨ましがる必要性は特に感じないっていうか」

組織的な後ろ盾のない口先の雄弁さで物事が解決するほどリアルのお嬢様時空は生易しい環境ではない。（お嬢様学校らしからぬ事に）生徒間で問題が発生した場合は互いの能力でどつき合うか、そういう少女達が集まった派閥同士での圧力の潰し合いの方が簡潔で分かりやすい……というのは常盤台に限った話ではない訳だ。困った事にこんな時代になっても貴族的な慣習を引きずっている連中は『決闘』という言葉の響きがいたくお気に入りなようだし。そうでもなければ個人で最強の美琴がエースと持て囃されたり、集団で最強の食蜂が女王と賞賛されたりはしない。

ともあれ、何でも疑いたくなるのは分かるがテレビの向こう側にまで噛みついたって意味はない。今は目の前にある等身大の問題に対処しよう。

常盤台中学二年生。

夕暮金糸雀はロストピースで何を見て、誰に、どこへ消されたのか。

「はえー……」

実際にいくつかあるロストピースの一つ、背の高い鉄板の壁で覆われたまま放置されている工事現場の中を覗き込んで、佐天涙子が頭のてっぺんから声を上げていた。

「……思ったより普通ですね。無法地帯なんていうから、こう、壁という壁に隙間なくびっしりと世紀末スプレーアート時空でも広がっているものだと予想してたのに」

美琴(みこと)は肩をすくめる。

「言っても『学舎の園(まなびやのその)』の中での話だからね」

「景観保護のためって名目でビルの建設に反対意見が上がった、って話だけどどうだか。ここに八階以上の建物ができると枝垂桜(しだれざくら)の校舎側で無線ネットの電波の入りが悪くなるってのが真相だと思うけど。伝統あるお嬢様学校がそれを言ったら俗っぽいってビビっているのかしら、歴史と伝統ある貴校は生徒も教師もみんなしてケータイが手放せないだなんて、とか」

工事現場といっても剝(む)き出(だ)しの黒土に荒々しく土管が山積みされている……という訳ではなく、作りかけのギリシャ神殿みたいな建物がそのまま放置されているだけだった。おそらく本来ならスポーツジムと入浴施設を兼ねた娯楽系ができる予定だったのが、中断されたまま放置されているのだ。

流石(さすが)に煙草(タバコ)の吸殻が落ちているほど『分かりやすく』はないが、地面にはいくつか足跡が見て取れた。やはり、こんな場所でも居心地の良さを求めて足を運んでいるお嬢様が存在する。

白井(しらい)は短く、

「初春(ういはる)」

「はいはい。『書庫(バンク)』の身体測定データによると夕暮金糸雀(ゆうぐれかなりあ)さんの足のサイズは二二センチ。

ええっと……ＰＤＡのレンズを使った電子モノサシですけど、この中にはなさそうですね」

当然、常盤台に限らず『学舎の園』全域は基本的に撮影禁止エリアだ。風紀委員仕様のデバイスでもない限り、レンズを使ったサービスは使えないだろう。

自分から足を運んで何かまずいものを見たのなら、現場には金糸雀本人の足跡がないとおかしい。わずかに残った自由な死角、というロストピースの性質上『よそで頭の後ろをぶん殴られてここへ担ぎ込まれる』という展開はないからだ。それではやましい事が丸見えである。

ひとまずここはハズレとみなして、次のロストピースに向かう。

道中、思い出したように佐天が呟いていた。

「ていうか、えっ？　足のサイズとか、風紀委員ってそんなデータまで呼び出せるの？」

「性別、年齢、それから身長体重は防犯カメラに映る怪しい影から具体的な個人を特定するための最も基本的な情報ですからね。他の数値はあればあるだけ困りませんけど」

「たい、じ、ええっ⁉　それって体脂肪もとか言わないよね⁉」

しれっと乙女の危機的なものが展開している気もするが、初春はけろりとしたものだった。お医者様はプロなんだから患者の肌を見た程度では動じません理論と一緒だろうか、これは？

あちこちの液晶広告では、相変わらず例のディベート大会の様子が映し出されていた。ただ最初の討論テーマを聞き逃しているので、五つの学校が何を主張したがっているのかがいまいち見えてこない。

『我々はクリーンだけでは物足りない、安全なエネルギーの提唱をいたします。今を楽しむだけではない、未来への責任を自覚する事こそが大人と呼ばれる第一歩なのです。学園都市で広く採用されている風力発電のプロペラは回転軸の摩擦が生み出す低周波公害の危険性が取り沙汰されており、これを無音で発電するソーラー式に転換する事で……』

『空飛ぶ車はすでに実用段階に入っておりますわ。しかしこれは、従来の自動車免許で管理しても許されるものでしょうか。より取得の難しい航空免許扱いにするべき？　いえいえ、新しい制度を新設するのであれば、どうしてハードルを低くできるという逆転の発想ができないのでしょう。安全な自動運転技術さえ確立してしまえば、むしろわたくし達のような中学生が空飛ぶ車をモノにしても構わないとは考えられませんか？』

『独立！　独立なのじゃ!!　親から離れての独り立ちこそが自我獲得の重要なステップであり……』

佐天はややうんざりした顔だった。内容うんぬん以前に、街頭の液晶広告系は音声そのものを嫌がる人も少なくない。

「何じゃこりゃ？」

「皆さんやたらと難しい事言っていますけれど、まさか、大人とは何か的なざっくりテーマで語り合ってはいませんわよね、これ？」

ともあれ。

美琴の案内でやってきたのは石畳の街並みには不釣り合いな林だった。

建物と建物の間に、針葉樹が不自然に生い茂っている。そういう風に整備された自然公園、という感じはしない。

「次はこの人工林ね。他に私が知ってるのは地下鉄駅の跡地と、それから放置された鐘楼、後は通信容量デカいくせに一度も稼働していないサーバーセンターとかかしら」

「何でそんなトコが名門校同士の係争地に……ああいやいいですやっぱり説明しないでお嬢様時空の真実とか下手に知ってもトラブルに巻き込まれそう」

ウワサ好きな佐天が珍しく自分から引っ込めた。

が、

「……お姉様。何だかお姉様自身が監視不能のロストピースについてやたらと詳しいのが、黒子は無性に気になってきたのでございますけれど。先ほどから、特にケータイの画面を見てマップ検索などをしている素振りも見られませんわよね？」

げふん、と美琴は目を逸らして適当に咳払い。

……学園都市第三位とか、上に立ったら立ったで色々重圧があるのだ。そして面倒な諸々から解放されたい時も。根拠は何にもないが、第五位のあの女とかも詳しそうだと美琴は踏んでいる。

そしてＰＤＡの画面を通して風景を眺めていた初春が頭のてっぺんから声を出した。

「あっ、一致しましたよ！　常盤台中学公式の革靴で、二二センチの足跡。もちろんこれだけでは人物の特定とまではいきませんけど……」

「さっきの工事現場よりは近づいたって感じかしら。ちょっと詳しく調べてみましょう？」

美琴達は都市の隙間にある人工林へ足を踏み入れる。

とはいえ『誰にも監視されていない』という以外に何のメリットもない林だ。林檎や桃など木の実の生らない針葉樹でこの季節だとカブトムシとかもいないので、興奮要素は何もない。地べたとか湿った黒土だから制服では迂闊に座る事もできないし。針葉樹の人工林なんて花粉製造機っぽい。

佐天は早速興味をなくしているようで、

「はえー……。誰にも見られずに思う存分森林浴を嗜みたいとか、やっぱりお嬢様はグレ方もハイソですなあ」

「佐天」

「でも白井さん。確かに、みんなで集まるならさっきの工事現場の方がまだしも、って感じではありますよね。今は良いけど、ここだと夏とか無駄に蚊の大群に襲われそうですし」

と、初春がそこまで言った時だった。

ぽつんと立つ美琴が首をひねった。前髪から紫電を小さく散らし、そして呟く。

「……奥に、何かあるわ」

「何ですのお姉様？」

「マイクロ波をぶつけると地面から変な反応が返ってくる。岩とか倒木とか、自然なものじゃない。もっと人工的な、四角い、正方形の……なに？　地面に金属の蓋？　でもこれはマンホール系じゃなさそうよ。もっと大きい。この反応だと一辺は二メートルくらいあるわ」

「待った！　御坂さん、そもそも正方形のマンホールなんて存在しませんよ。穴に対して斜めに、こう、対角線上になる格好で重たい蓋がずれるとそのまま真下まで落っこちちゃうから、そういう危険なデザインは意図的に排除しているはずですし！　道路でよく見るマンホールがみんな丸いのは、蓋をどう置いても穴の底へ落ちないようにするためなんですってば!!」

四人全員で顔を見合わせた。

今の佐天の言葉が正しければ、そもそも例の金属蓋はマンホール系ではない、という事になる。じゃあ一体何なのだ？　というか、マンホール以外で地べたに金属蓋なんてあるのか？？？

何かを見たから、夕暮金糸雀は消息不明になった。

いよいよその何かに近づいてきたのかもしれない。美琴や白井と一緒に初春はざくざく人工林の奥へ進みながら、

「……何で佐天さんってそういう無駄な雑学ばっかり覚えているんですか？」

「知らないのお初春？　マンホールって都市伝説の宝庫でもあるんだよ。人間を落とすために

口を開いているとか、変な怪物が棲んでいるとか。下水道まで入れたらそれこそ白いワニのホームでもあるんだし」

こんなのでドヤられても初春は反応に困る。無駄な、という冠をつけている事に気づいていないのか友よ?

マイクロ波を飛ばしているらしい美琴が、ある地点で立ち止まった。

「ここよ」

「普通に黒土っぽいですわね」

「でも白井さん、ＰＤＡを向けると確かに。あの二二センチの足跡もこっちに来ています。そしてここで不自然に途切れている」

「つまりどういう事?」

佐天の質問に対し、美琴は右手の掌を気軽にかざした。

磁力操作。

ばごんっ!! と。表面上の黒土を吹き飛ばし、一辺二メートル、厚さ三センチ以上もある金属蓋が美琴の掌に吸いついた。

四角く空いた穴の奥に、頑丈そうなステンレスの下り階段が延びている。美琴が金属蓋を適当に放り捨て、奥に携帯電話のＬＥＤライトを向けてみても、底は全く見えない。

「……アメリカじゃトルネード対策として自宅の庭に埋める簡易シェルターなんかが売られて

いるみたいだけど、そういう感じでもなさそうね。あれはせいぜい、小さな物置を土の中に埋める程度の広さしかなかったはずだわ。でもこっちは奥まで見通せない」

「わーお。悪の秘密基地って感じだねえ、初春」

「悪って何ですか、まったくもう。ここは五つの超絶お嬢様学校が共同出資している『学舎の園』なんですよ？」

初春の言葉に、しかし一層難しい顔をしたのは美琴と白井だ。

そう、ここまで大規模となると個人の力でこっそり掘り進めた、とは思えない。おそらく地下施設を造ったのは『五つのお嬢様学校』のどこかだろう。

そして複数の学校が、この人工林の所有を主張して争っている。

「一体何を見たんだスズメちゃん……。いよいよきな臭さが爆発しているんだけど」

「足跡がここで消えているんですから、その人見つけるにはやっぱり階段下りて奥まで調べないといけませんよねっ？　ねっ⁉」

都市伝説好きの血が新たな謎を前にして騒いでいるのか、佐天はむしろ興奮しているようだ。

が、彼女は気づいているだろうか？

確かにここで足跡が消えているのだし、高確率で夕暮金糸雀は地下空間に向かったはずだ。

でも重たい金属蓋は閉じられ、さらに上から黒土を薄くかけて隠蔽されていた。

……地下に下りたままの金糸雀にそれはできない。単純に身体的な話はもちろん、彼女の能力『完全消毒（ミクロダイイング）』もそういう事には使えそうにない。そして金糸雀（かなりあ）が四角い穴から人工林の外へ帰っていく足跡は特に見つかっていない。つまり、金糸雀（かなりあ）が階段を下りていった先で何かが起こり、その後に外から重たい金属蓋を閉じ、さらには土を被（かぶ）せて発見を遅らせようとした『別の誰か』がいる、という事になるのだが……？

## 6

これが佐天涙子（さてんるいこ）なら謎解きのために単身で謎の地下空間に挑んでいっただろう。普段、得体のしれない都市伝説を追いかけているそのスタンスを見ているだけで分かる通り、自分で発見した謎は自分で解きたい派なのだから。そして多分、根拠はないし大変失礼な予測でもあるのだが、大体ひどい目に遭ってコテンパンにされていたとは思う。

が、白井黒子（しらいくろこ）や初春飾利（ういはるかざり）は違う。

直接の加害者や被害者が見つからなくても、目の前の痕跡や状況から『第三者の手による生存者の閉じ込めの可能性』が浮上した時点で事件性ありとみなせる。……ぶっちゃけ一辺二メートル、厚さ三センチ以上の鉄板なんて中学二年生の腕力で持ち上げられるものではないのだから、謎の第三者が外から蓋を閉めてしまった時点で最低でも誘拐・監禁の要件は成立。最悪だと、閉じ込めたまま餓死狙いの可能性までありえる訳だ。一滴の血もないから実感が掴（つか）みにくいかもしれないが、はっきり言って命にかかわる立派な（？）重大事件である。

　そしてそういう事態に直面した場合、素直に警備員へ通報して大人達の手を借りるのが常道だ。むしろ個人プレイに走る理由がない。変に秘密を抱えたまま美琴達四人が全滅したら、それこそ誰も地下から夕暮金糸雀を助けられなくなってしまうのだから。

　ぶーぶー文句を言っていた佐天はふと何かに気づいたようで、

「あれ？　でも白井さん、ロストピースってそもそもどこの学校も手出しのできない監視不能エリアって前提なんでしょ。大人の警備員って来てくれるの？」

「通常監視が利かないというだけで、中で監禁だの殺人だののレベルで重大かつ緊急性の高い事態が進行しているとの確証があれば突入くらいはできますわ。ロストピースといっても、他国の大使館が建っている訳ではありませんし」

　実際その通りになった。

　増援としてやってきたのは全部で二、三〇人といったところか。『事件』として考えると、明らかに多い。これが路上のひったくりや未遂で終わったコンビニ強盗くらいなら一度の通報でこんなにやってこないだろう。裏を返せば、彼らも『すでに殺人が起きている可能性』まで視野に入れているという訳だ。事件現場となった建物の扉や窓に青いビニールシートを被せて周辺一帯に立入禁止のテープを張り巡らせ、大きなカメラを持って押し寄せてくるマスコミの対策をして……といった現場保全作業を全部想定すると、二、三〇人という数は逆に妥当に思えてくる。それはそれで不気味なくらいに。

銀色の四角いケースを肩から提げている人は鑑識っぽい。別に殺人事件だけが仕事じゃないだろうけど、でも知り合いが直接関わっているとなると不安が膨らんでくる。

とはいえ、大人の警備員(アンチスキル)と子供の風紀委員(ジャッジメント)の混成部隊になっているのは、ロストピースのややこしい事情が目に見えるレベルで表れている気もするが。

警備員(アンチスキル)と風紀委員(ジャッジメント)は同時に言った。

「よし分かった。後は大人の警備員(アンチスキル)に任せておいてくれ」

「ダメよあなた達、同じ風紀委員(ジャッジメント)なら内部捜索を支援してちょうだい」

バチッ、と目の前で火花とか散らさないでほしい。チームワークとかゼロなのか。美琴達(みことたち)四人は消えた夕暮金糸雀(ゆうぐれかなりあ)の安否がどうなったのかを一刻も早く知りたいだけなのに。

そしてそうなると、警備員(アンチスキル)と風紀委員(ジャッジメント)のどっちが好きとかに関係なく、美琴達(みことたち)の選択肢は一択だった。消えた金糸雀(かなりあ)の安全確保のためにも抱えている情報は共有し、捜索に当たる人数だって多い方が良(い)いのは当たり前だが、かといって結果が出るまで指(ゆび)を咥(くわ)えて見ているのは性に合わない。体を動かして何かしていた方がマシだ。

どうせ白井黒子(しらいくろこ)とその一味と認識されているのだ。美琴(みこと)は自分の胸の真ん中に掌(てのひら)を当てて、

「分かった、協力します風紀委員(ジャッジメント)さん。専門家の手順を教えて」

「おーらい、あなたもついてきて。未確認の地下空間内部は地図アプリもサポートしていない

から基本を徹底しましょう。まずこれは紫外線ライトに反応して発光する特殊なペンよ。お尻はそのまま紫外線ライトになっている。今からいくつかサインは教えるから、調査済みの部屋や通路は全部マークして。地図がないなら私達で作れば良い。何かと出会って逃げる時は必ず来た道を引き返す事。それじゃ皆さん、ひあうぃーごー☆」

みんなで塊になってステンレス製の階段を下りていく。

が、すでにこの時点で予想外が始まっていた。深い。携帯電話のライトくらいでは暗闇の奥まで見通せないくらいは分かっていたが、それにしたっていつまで経っても下りの階段が終わってくれない。

軽く見積もっても、一〇〇段以上はあっただろう。しかも途中、踊り場で折り返すような事もなかった。多分すでにこの時点で、ロストピースであった人工林の敷地の外に出てしまっている。

ぎぎぎぎぎ、という低い軋みがあった。

もちろん美琴や白井が金属の階段を踏んだ程度でこんな音は鳴らない。

佐天はあちこちに携帯電話を振りながらおっかなびっくり辺りを見回して、

「な、何なんですかね、この音？」

「地震……でしょうか？」

危険があれば自分から突っ込んでいくような佐天だが、こういう場面になると横から初春の腕に引っついているから不思議な光景だ。

美琴（みこと）もまた、つるりとした壁に手を触れつつも、だ。

「というか……」

今いるここは、一体どこの地下なのだ？

そして見た目はほんわかしながらも五つのお嬢様学校が縄張りを主張し続けるややこしい『学舎の園（まなびやのその）』の中で、勝手にこんな地下を掘り進めて大丈夫なものなのか？？？

ピカピカに磨かれた銀色の床や壁。階段よりも安っぽい印象だ、軽量のアルミ合金辺りかもしれない。

佐天涙子（さてんるいこ）が、どこか他人事（ひとごと）っぽい調子で呟（つぶや）いていた。

「……うひゃあ。こいつはもはやダンジョンだぜ」

すぐそこに分かれ道があり、直線をちょっと進んだ先にも別の分かれ道がすでに見えた。一本道ではなく、おそらくこんな調子で蜘蛛（くも）の巣（す）のように広がっているのではないか？

集まった全員で一塊になっていても仕方がない。あれだけそりが合わなかった警備員（アンチスキル）や風紀委員（ジャッジメント）も頷（うなず）き合（あ）うと、それぞれバラバラの通路へ向かっていく。

美琴達（みことたち）四人は、何となくみんな揃（そろ）って同じ通路を選んでいた。

「……しかしほんとに何なんでしょうね、ここ？」

「うーいーはーるうー……」

「やっやめてくださいよ佐天さん、こんな時にスカートめくりとかじゃありませんよね？」

「いやもうめくってる、地下へ降りる前に。やっぱり初春のぱんつは明るいお陽様の下で見ないとにゃー」

ぎええっ!!　と初春飾利が慌てて両手で自分のスカートを押さえた。

美琴は美琴で、前髪から青白い火花を小さく散らしつつ、目の前にあるアルミの壁を手の甲で軽く叩いていく。

「……結構分厚いわね。でも中は空洞みたい。それに通路の壁、床、天井にある一定間隔のラインを見るに、メガフロート系の土台に使う金属キューブかしら？」

「まさか。そんなもので地下の壁を作るとしたら、余計に土を掘る必要がありますわよ。ただの薄っぺらな壁より空洞を抱えた立方体を埋め込む方が大変になるんですから」

当然ながら、地下は掘れば掘るほどお金がかかる。だから山をぶち抜くトンネルは基本的に最短距離を目指すものだし、ものによっては経費節約のために車線を減らしたり、天井を低く設定したりもする。何気ない幅や高さも、『始めから終わりまでずっとその規格で統一する』という想定になると全部倍掛け、最終的な出費は馬鹿にならなくなるのだ。

そういう意味では確かに、平たい壁一枚と分厚いキューブとではかかる値段が違い過ぎる。

例えば幅二メートルもあれば人が行き来できるトンネルを掘るのに、わざわざ幅六メートルも確保した上、通常の三倍もの経費をかけてせっかく広げた左右の空間を一つ一つキューブでせっせと埋めて幅二メートルに戻していく馬鹿なんているはずもない。

ただし、

（コストのかかりすぎるキューブ状の壁、メガフロートの土台、蜘蛛の巣のように張り巡らされた地下通路。……しかもそれを、『学舎の園』にいる誰にも気づかれずにこっそりと？）

ビビーッ!!　という爆音が耳をつんざき、美琴の思考を遮った。

わっわっ、と慌てているのは佐天だ。彼女は自分の携帯電話を取り出している。

初春が珍しく噛みつくように、

「もう、何やってるんですか佐天さん!?」

「いやなにっ、これ？　ブザーが止まらないんだけど！　てかここの地下ってケータイ通じるんだっけ!?」

佐天だけではない。

別の通路や曲がり角からも、立て続けに似たような電子音が連鎖していく。反響し、混ざり合った音の塊は一体どこまで広がっているのだろう。

ぎぎぎみしみしみし、という低い軋みが軽量アルミ合金の壁から聞こえてきた。

白井はあちこちを見回して、

「一般の通信電波からではない。より強力な防災警報アプリのアラート、ですの？」

（いや……）

（これ、地震じゃない。地盤の断層が噛み合った時って摩擦で擦れて静電気とかができるはずなんだけど、そういう力を全く感じない……？）

否定するのは簡単だ。でも、それならこの震動は一体何だというのだ？　変に一定な低い震動は、むしろ機械的な何かを連想させるのだが……。

何か、美琴の胸の真ん中でごりっとした違和感を覚える。

目に見えて危険なものがすぐそこまで迫っているのに、それが何なのか具体的な言葉にできないようなもどかしさ。あるいは、頭の中のイメージを明確な言葉にしてしまった瞬間から状況が悪い方に進んでしまう……といった根拠もないジンクスめいた恐怖感。

そんな美琴だったが、そこで思考が途切れた。

ろくに明かりもない広大な地下空間で、携帯電話のライトが何かを捉えた。無機質なつるりとした空間に、何か異物がある。遠くの方で、床に何かある。こんもりと膨らんだ黒い影の正体は……。

「にん、げん……？　くそっ、スズメちゃん!!」

「あっ、御坂さん!?」

「ええい初春、壁に特殊ペンでサインを!!　マークし忘れると後で面倒になりますわ!!」

一気に慌ただしくなってきた。

美琴と同じ常盤台の制服に、亜麻色の長い髪。校則が厳しい常盤台だと前髪と靴下くらいしか個性(オシャレ)を出せるパーツはないのだが、金糸雀の場合は三つ折りのソックスだった。

夕暮金糸雀はうつ伏せに倒れている。まずい兆候だと美琴は思う。自分の意思ではない場合、呼吸に問題が生じている危険性がある。単純に口が塞がる可能性もそうだし、己の体重で肺を圧迫してしまう恐れもあるからだ。

すぐに肩を摑んで仰向けにひっくり返そうとして、しかし美琴の手が止まる。そもそも何で金糸雀はこんな地下通路で倒れていて、しかも自力で起き上がれなくなっているのだ？　最低限、体を動かす前に頭へのダメージがないかは確認した方が良い。

しかしその確認が終わる前に、クラスメイトの乾いた唇から何かこぼれた。

「あ……か……っ」

「スズメちゃん、私が分かる？　もう大丈夫よ、他にも警備員(アンチスキル)とか風紀委員(ジャッジメント)とか大勢連れてきたから!!」

「う、じょう、だった」

……？　と美琴は思わず眉をひそめた。

今のは何だ？　意識が朦朧としているにしても、いきなりそんな言葉が出てくるものか？

もちろん、聞き間違いの可能性もある。

さ[illegible]、今。

夕暮金糸雀の口から『工場』と出てきた気がするのだが……？？？

「工場だった。ミサゴちゃん、ここは工場だったの……」

「なに、スズメちゃん？」

「でも多分、これじゃ全然足りない。まあまあ……。彼女達も分かっているから、秘密を守りたかったのね。結局は子供の夢だったんだよ、みんな……」

「順番に説明して。子供の夢って一体何の話⁉」

ずずんっ‼　という低い震動があった。

美琴はクラスメイトの傍らで膝をついたまま、反射で頭上を見上げていた。地震が起きたかと思ったからだ。

でも違う。

やはり美琴より先へ進んでいるらしい、夕暮金糸雀の口からこうあったのだ。

「……始まった。そう、私には、止められなかったのね。どうしよう、このままじゃニワトリまで巻き込んじゃう……」

「何がっ⁉」

「インディ、ペンデン、ス」

息も絶え絶えに、うつ伏せのまま金糸雀が呟いた。

坑道の中で死の危難を察知して鳴き声を発する小鳥のように。

「『学舎の園』の独立が始まるのよ、ミサゴちゃん……」

7

その少し前だった。

一二歳の少女、夕暮爪羽鶏は自分が何を話しているかも頭に入っていなかった。

対面にいる先生達はみんな微妙な顔をしている。

爪羽鶏の言っている事がおかしいから、ではないだろう。

面接の受け答え自体は完璧だったはずだ。いっそ機械的で、痛々しいくらいの模範解答。美琴達が大人と連絡を取り合った時点で、彼ら教師陣は夕暮爪羽鶏の抱えている『事情』を理解している。だから、幼い受験生の頭が真っ白に飛んでいるのも分かっているのだ。絶対に安全なはずの『学舎の園』において、実の姉が行方不明になっているのだから、こんな状態では試験に集中できないのも頷ける。だから実際、常盤台の教師達の意見は真っ二つに割れていた。

こんな時だから、特例として後日に面接の日取りを変えてはどうか。

[illegible]、特例を認めてしまえば他の受験生全員への不利益になるのではないか。

そういった気遣いの一つ一つが、かえって夕暮爪羽鶏の幼い心を追い詰めている事にまでは考えが及んでいないようだが。詳細が伏せられたまま、ただ『本来ならプレッシャーを与えてくるはずの大人の面接官達が、揃って気を遣わなければならない何か』が家族の身へ確実に進行しているという事実だけを押しつけられているのだから当然だ。

正面にいる赤鮫先生？　とかいう女の人は言った。

「夕暮さん、いったん休憩にしましょう？　大丈夫、これは試験の内容に一切関与のしない提案ですよ」

二つに分かれていた教師陣も、結局はそういう方向に落ち着いたようだった。

あらゆる試験は人を選別する冷たい仕組みだが、一方で、温情が認められる分野でもある。何しろ冗談抜きにその人の人生を左右するのだから。当然ながら試験官は人を落とすために働いている訳ではない。大勢の中から優れた人を見つけたいだけなのだ。

大丈夫。

その言葉に、爪羽鶏は思わず俯いて右手の小指に目をやっていた。

おねえちゃんの友達らしい人と、約束を交わした。何の根拠もないけど、もうそこにすがるしかない。

感謝の言葉を言って、ふらふらと試験会場から退室して、でも、何をしたら良いのだろう？　表を走り回るだけで大好きなおねえちゃんを見つけられるのなら地球を一周してやる覚悟があるけど、そんな単純な話でもない。

校舎から出たところで、自分自身の重さに負けてその場で潰れてしまう。

聡明だから、分かってしまう。

自分には何もできない事が、幼いなりに理解できてしまう。

「うう……」

どうしてこんな事になったのだろう？

面接では大人の先生達に向かって色々説明したが、実際には大それた将来の夢なんかなかった。ただ、おねえちゃんと同じ学校に通ってみたかっただけだった。大好きなおねえちゃんと並んで同じ通学路を歩いてみたかった。それが悪かったんだろうか。具体的に、誰が何をしたかなんて知らない。それでも、自分が常盤台に行きたいなんて思わなければ、おねえちゃんは今日この日にこんなトラブルになんか巻き込まれなかったのではないか。

こんな事を願ってしまってはいけなかったのかもしれない。

自分のせいで、おねえちゃんが窮地に立っているんじゃあ？

ならどうして、苦しめられるのは自分じゃなくておねえちゃんの方なんだろう。

「やだよ。もう常盤台なんてどうでも良いよ、未来なんか全部捨てるから、夢とか全部諦めるから。だからおねえちゃんを帰してよお……っ」

起きてしまった後では、意味のない取り引きだった。

そもそも夕暮爪羽鶏には、一体何と取り引きすれば良いのかさえ見えていない。まさか、形のない悪魔とでも交渉すれば運命がねじ曲がって姉が帰ってくるとでも言うつもりか。

自滅的行動すら許されない、ただただ無力な傍観者。

いよいよ小さく潰されていく爪羽鶏だが、ここで流れが変わった。

そう。

「あらぁ、あなたこんな所でどうしたのぉ？」

声が。

呼びかけられて俯いた顔を上げると、そこには長い金髪の女性が。

「あなた、誰？」

「うふふ、そっちはニワトリさんでしょ☆　私はスズメさんのお友達だゾ？」

心臓が跳ねる。

続けて金の髪のお姉さんはこう言ってくれる。

「御坂さん達、面接の途中だったから気を使ってあなたには連絡力を入れていなかったのかしら。でも私がちゃぁーんと御坂さんから話は聞いているわ☆」

「……？」

「何も心配ないんだゾ」

膝を折って、目と目の高さを合わせて。

甘い匂いのする人はこう言ってくれたのだ。

「スズメちゃんは、御坂さんがきちんと見つけたってぇ」

「あ」

「学校の方で保護されているの。だからもう、本当に、何も心配する必要力はないのよ？　今は手当てを受けているけど命に別状はないからぁ、すぐにお姉さんと会わせてあげるからね」

「あうあ、うえええええあっ!!」

もう、飛びついた。

少女はそのままわんわんと大泣きした。

「怖かった!!　怖かったよう!!」

「うんうん」

「おねえちゃっ、ひっく、おねえちゃん。あらひのせいでこんな風になったんじゃないかって、常盤台に行きたいなんて思わなければ何も起きなかったんじゃないかって!!」

「ただの思い過ごしよ。絶対にそんな事はないんだから」

金髪のお姉さんははっきりと断言してくれた。

その力強さが、孤独な爪羽鶏の胸にこの上なく染み渡る。

「いーい、ニワトリさん？　あなたの夢は他の誰かを傷つけるものじゃない。大好きなお姉ちゃんと同じ通学路を歩いて一緒の学校に行きたいって願いは、別に誰かに遠慮する必要なんかないんだゾ。だから何も心配力はいらないわぁ。回れ右して、校舎に戻って、推薦の面接を頑張りましょう？　きっとスズメさんも、あなたと同じ学校に通う事を望んでいるから☆」

「うん‼」

しがみついたまま、力いっぱい女の子は頷(うなず)いた。

胸の中の暗闇は拭い去られていた。

「あの、お姉さん。でもどうして？」

「何かしら」

「……大好きなおねえちゃんと同じ通学路を歩いて一緒の学校に行きたい。あたし、誰にも、おねえちゃんにだって自分の夢なんて教えた事ないのn

そして食蜂操祈(しょくほうみさき)は幼い少女の背中側から押し当てたテレビのリモコンのボタンを押した。

かくんっ、と電源でも切ったように夕暮爪羽鶏(ゆうぐれつめばけい)の意識が落ちる。


学園都市(がくえんとし)第五位の超能力者(レベル5)、精神系では最強の『心理掌握(メンタルアウト)』。

優しい夢の中に落ちた少女の背中をもう一回ぽすぽすと掌(てのひら)で優(やさ)しく叩(たた)いて、しかし、美しい金の髪をなびかせる女王は己のしくじりに小さく舌打ちする。

「……あーもう、〇点!!　ニワトリさんにスズメさん、身内だけのローカルな呼び方まで掘り下げたっていうのに結局これ？　凡ミスで台なしとかッ！　まったく、分かり『過ぎる』っていうのも厄介っていうか、やっぱり即席力で会話を組み立てると細部でミスるわねぇ。ここは嘘でも良いからきっちり安心させてあげるべきなのに、結局最後は超強引に意識を落とすだけになっちゃったし」

そう。

普通に考えれば、完全に初対面であるはずの幼い爪羽鶏がいきなり出てきた中学生に心を開くだなんてありえない。肩に風紀委員の腕章をつけていようが、知り合いの御坂という名前を出そうが、絶対に警戒しただろう。

でもそれも、『心理掌握』があれば関係ない。

食蜂操祈は犬猿の仲である御坂美琴などと連絡を取り合ってはいない。

彼女は夕暮爪羽鶏と笑顔で向き合いつつ、チェスでもするように有効なフレーズを並べて機械的に会話していたのだ。爪羽鶏の口から一つの言葉を引き出すたびに、その単語にひもづけられた周辺の別の単語をまとめて釣り上げる、といった感じで。御坂さん、夕暮金糸雀、捜している。この辺りを目の前にいる爪羽鶏の頭から引き出せれば後は口八丁の二枚舌で繋げていくだけで泣いている子をなだめられる。……が、今回はどうやら対象の頭の中を調べ過ぎた事が逆に仇となったらしい。

(本当に好きな人と将来の夢については絶対誰にも話さない。……こんな基本も基本を忘れているだなんて冗談じゃないわよ、私の感性力もヨゴれてきたって事ぉ?)

「女王」

「帆風、この私から命令するわ。この子については私と思ってぇ、身命財産その他諸々片っ端から守るために必要力な行いを全部しなさい。死ぬ気でね☆」

最も信頼できる護衛にして側近の縦ロールは、女王からの命令に対してはとことんまで忠実だ。したがって、向こうからの質問は命令遂行に必要だと感じた情報の確認に過ぎない。

帆風潤子からの懸念事項はこうだった。

「死ぬ気で守らねばならないような何かがこれから起きると? この安全な常盤台中学の中で」

「そんな常識力が通じるほど甘い話じゃないわよぉ、『これから』は。待っているのはピーターパン症候群を徹底的に煮詰めた、特大のパニックだゾ?」

言ってから。

食蜂操祈はいったんよそに視線を振って、低い声で忌々しげに呟いたものだった。

あちこちから防災警報アプリのアラートが鳴り響く。さざなみのようなその連鎖は、やがて食蜂や帆風の携帯電話にも達する事だろう。

足元からの低い震動が高まっていく。

それはあまりにも巨大なモーターのうなり。

「……ったく、何をやっているのよぉ。御坂さぁん？」

## 8

ゴッッッ!!!!!!　と。

そして常盤台中学を含む五つのお嬢様学校が集まった『学舎の園』が天高く舞い上がった。

人知れず地盤を強化したメガフロート台座に支えられ、雲の上であれば無尽蔵にエネルギーを生み出す大規模太陽光発電の力を借りて、空飛ぶ車と同じ理屈をひたすら大型化した垂直離着陸機能に圧倒的な力を注ぎ続ける格好で。

インディペンデンス、と夕暮金糸雀は言った。

独立。

美琴達にはそれを止められなかったのだ。

# 9

だから、こうなった。

御坂美琴は物陰から校庭の様子を眺め、変わり果てた世界に思わず舌打ちしたのだ。

(高度五〇〇〇メートル。それにしても、『学舎の園』の足元全体を知らぬ間に丸ごと改造するだなんて……一体どんな技術を使ったんだか)

美琴はもうほとんど呆れのニュアンスでそんな風に考えていた。

まあイギリスとフランスを結ぶユーロトンネルは四〇キロ近くあるし、大都市の地下鉄や下水道なんていったらそれこそ総延長なんて何百、何千キロあるか分かったものではない。五つのお嬢様学校が集まった『学舎の園』といってもサイズは数キロ四方。その真下を掘って固めて人工の空間を作って、軽量アルミ合金製の金属キューブを多数組み上げて地盤を丸ごと巨大な飛行フロート化してしまう事は技術的な話だけなら不可能ではない。

(でも当然、実際に『それ』をするにはユーロトンネルなり大都市地下鉄網なり、国家事業クラスの大金が必要になってくるはずなんだけど……？　お嬢様のイタズラっていっても限度ってもんがあるでしょうよ)

あれからまだ数時間。晩ご飯の前だ。

初春や佐天を『学舎の園』に誘ってからほんのすぐだ。太陽だって落ちていない、大空の色は普通に青かった。

だというのに。

中心にいるのは拡声器を手にした赤毛のセミロング。スタイルを見るにおそらく美琴より上の三年生。困った事に、着ている制服は同じ常盤台のものだ。

頭のティアラを輝かせ、扇動者は告げる。

『それでは多数決を取るかのう。この赤鮫先生が有罪だと思う者はおるかえー？』

「「「有罪!!　有罪!!　有罪!!　有罪!!　有罪!!　有罪っっっ!!!!!!」」」

逃げようとか、高度五〇〇〇メートルから飛び降りてでもとか。

そんな、無謀だけどまだしも当たり前に思える叫びはどこにもなかった。

むしろ賛同。

誰がてっぺんを支配しても自分の安全が守られるなら何でも構わないのか。あるいはいっそ、破滅的なほど自由な空気に呑み込まれているのか。

死刑台に追いやられた女教師に、旗を掲げるのに使う金属ポール。そして縛って輪の形にしてある禍々しいほど太い金属ワイヤー。

……安全で快適な『学舎の園』はすでにない。学園都市の条例どころか、おそらく日本国憲法すら通じない。

三六〇度逃げ場のない、高度五〇〇〇メートルの牢獄。

美琴は携帯電話に目をやる。一応アンテナは立っているが、リンクから『学舎の園』の外のサイトを見ようとすると画面が固まる。高度五〇〇〇メートル。携帯電話の電波はそんなに飛ばないから、地上とのアクセスができないのだ。

（……黒幕サイドは自分だけの馬鹿デカい基幹アンテナでも用意してんのかしら。あるいはいっそ衛星回線とか？）

ともあれ、助けが呼べる状況ではなさそうだ。

ここまで派手にやったら通報するしないに関係なく学園都市の大人達も事態の解決に向けて動き出している、と信じたいところではあるが。

空飛ぶ車を巨大化したのなら、使っているのは電気的なモーターだ。が、これだけ大きな『学舎の園』を浮かばせているという事は、大型化した上相当の数が高度に連携を取っているだろう。下手に美琴の能力で一つずつ止めていくと大きな平面が傾いて丸ごと墜落しかねない。

展開次第ではいきなり大パニックが起きてもおかしくなかったのに、天秤は黒幕どもに傾いた。衣食住は永続的に確保され、いつもと同じ生活サイクルは保たれるという話が分かると、多くの生徒達は『何か問題は起きているけど、今すぐ体を張って解決するほどでもない』という結論に達してしまったようなのだ。

　いきなり陸地が丸ごと舞い上がったが、水はどうしているのだろう。まあ自由に移動できるのなら雨雲の下を通っていくらでも補給できるかもしれないが。

　例えば行列のできるスイーツショップに並んでいたとする。長い長い列のすぐ横では小さな迷子が泣いている。この中で誰かが列から離れて膝を折り笑顔で話しかければ済む話だが、さて、みんながみんな迷わずその一人になれるだろうか。列から出たらもう手に入らないのに。

　これが消極的肯定。

　そしてもう一つ、黒幕側は積極的肯定を選ぶ材料を投げ込んできた。

　つまりは、

『実際問題、学園都市の社会問題は大人達が作り出しておる』

　群衆に囲まれる拡声器の主、『扇動者』からは、そんな声があった。

　人々を熱中させる真の原因は、ここだ。

『己の頭をいじって能力を開発するために、どうしてレベルによる格差が必要なのか⁉　研究者絡みの様々な凶悪事件が起きては機密保持名目で揉み消されておるのはどうしてじゃ⁉　言うまでもない、そこに大人達の利害が発生しておるからだ！　生徒の成長それ自体には本来、金勘定なんぞいらぬはずなのに‼　わらわ達、当の生徒がどこまでやるかを自分で選べるようにすれば、能力開発に余計な悲劇や挫折は必要なくなる。少なくともやった事への責任を自分で取って納得できるっ!! したがって、学園都市に教師はいらない。学園都市とはその名の通り、ここは学ぶ側にとっての理想の街であるべきじゃ。最初は第七学区のさらに小さなエリアからでも構わん、わらわ達が確かな成功例を見せつければ二三の全学区が必ず追従するはずじゃ！ それが学園都市を真に解放する運動へと結びついていく!!!!!!』

（……あの『扇動者』、ディベートやってた赤毛なのじゃ、か。スズメちゃんは『彼女達』って言ってたから、おそらく他の学校のディベート参加者もグルになってるのよね）

太陽光発電に、空飛ぶ車。

例の赤毛なのじゃ以外のディベート参加者が言っていたアイデアが今回の件に投入されている。この分だと五つの名門校のディベート代表五人が一つの黒幕グループでまとまっている、と疑った方が良いだろう。

独立。

こうも異様な提案がすんなり浸透していくのも、ひょっとしたらディベートという形で事前に思想が『学舎の園』全域へ刷り込まれていたからかもしれない。向かい合う対戦者が裏で繋がっているのなら、論戦しているふりをして聞いている聴衆が頭の中で一つの結論へ辿り着くように誘導する事だってできる。

何しろ一人が大勢に語りかける演説と違って、対戦者同士で論戦を行うディベートでは聴衆は自分オリジナルの意見など構築せず、ただ『どちらに賛成するべきか』しか考えない。両方ともイカれた意見を言っていた場合でも、どちらか片方を必ず選ばなくてはならないという強制力が働く訳だ。ＡもＢも両方言葉を変えただけの独立支持派だとしたら、さて聴衆に何が選べるというのだ？

（下着の素材とか制汗スプレーは禁止とか、アホな校則ばっかり作りたがるから大人達が吊し上げにされるんだっ。まったく。とはいえ憂さ晴らしのやり方も知らないお嬢様達はフラストレーションを溜め込む一方、これだからいったんキレるとおっかない……っ!!）

「……でもそれだけじゃない」

爆発物はあったかもしれない。

だけどそんなもの、多かれ少なかれ普通の人なら誰でも持っているものだ。もしも本当に何のストレスもなくあっけらかんと生きている人間がいるとしたら、そいつの方こそ無自覚に周囲一帯へ強大なストレスを撒く側に化けていると考えた方が良い。

つまり、ここまでの惨状を作るには火薬庫へ具体的に火種を投げる必要がある。

それは何か。

（日頃から小さなイライラを溜め込んでいたとして、こうまで躊躇なく大爆発するとは思えない。突然閉鎖環境に置かれたプレッシャー？　街のルールがなくなった事での精神的な揺り返し？　あるいは高空に投げ出された事で気圧が血の流れにでも影響を及ぼした？）

いいや違う。

御坂美琴が注目するのは、やはり人間だ。そしてテクノロジー。

「あの拡声器。撒き散らしているのは音だけじゃないわね……」

もちろん波長にもよるが、電磁波は様々なものを反射する。

……つまり水分も。目には見えないミストでも、電磁波は如実に乱反射してその位置や厚みを正確に計測する。これを大規模化したものが、いわゆる気象レーダーだ。

（ただの水分でもじっとり汗ばんだように錯覚するからターゲットを無自覚的にイライラさせられるでしょうし、化学物質ならもっと効果は高くなる。例えばポリペプチドやウルシオール、いわゆる痒みの原因物質とか）

物理的に爆発のロジックが存在するとなると、言葉の説得で何とかなる状態ではない恐れも高い。これでは食蜂辺りの胸ぐらでも掴んで『心理掌握』を使わせれば……なんて話も土台から揺らいできた。

例えば、精神的な能力と純粋に化学的な全身麻酔。同じ人間へ同時に使ったら被験者はハロタンや一酸化二窒素の効果を振り切ってまで食蜂の指示の通りに起き上がって歩き回れるものだろうか？　あの高飛車女王なら無駄にデカい胸を張って軽く請け合うかもしれないが、だけど実際、一〇〇％の確度はないはずだ。サンプルが少なすぎる。

「……最悪だわ」

それにしても、衰弱しきった夕暮金糸雀から未だに全ての話が聞けていないのがもどかしい。

クラスメイトの言っていた『工場』とは何の事なのだろう？

『無論、現実に「学舎の園」を運営するには金がかかる。それもかなり莫大な金額が必要になる。じゃが!!　それすらも本当に教師の手は必要なのか!?　わらわ達は言うまでもなく生粋のお嬢様じゃ。中には親の手を借りず、すでに自力で起業して儲けを出しておる者もいるじゃろう！　繰り返す、この「学舎の園」を正しく運用するにあたって上から目線で命令してくる校長や理事長は必要なのか？　いいや!!　すでに、わらわ達はわらわ達の面倒を見るだけの金を持っておる!!　金の作り方くらいは知っている！　ここでわざわざ妥協して、教師どもの汚い金を混ぜてしまう必要はどこにもないっ!!　むしろ汚らわしい!!!!!!』

美琴はいったん視線をよそに振る。

それからそっと息を吐いて、

（食蜂のヤツは……やっぱりダメっぽいか）

第五位本人というよりは常盤台最大派閥という『多数決の暴力』に期待してしまう美琴だが、すぐさま動いて制圧、という匂いはしない。第一に自分を慕う者達を守らなくてはならない食蜂としては、派閥人数が多いからこそいざ全面戦争になってしまえば仲間を『全員』庇うのは厳しいはずだ。よって、具体的な勝算も見えない内から安易な正面衝突は選ばないだろう。

それに、常盤台の中では最大派閥であっても『五つのお嬢様学校全体』では比率が変わる。本当の本当に正面衝突が起きたら、狩られる少数派は食蜂派閥の方になってしまうはずだ。

食蜂まわりは、本心はどうあれ見た目は『扇動者』に共感したふりをする方向か。『心理掌握』はむしろ身内に向けて、本音とは異なる言動が外へバレないよう演技指導に使う。

そういう長期的に利を生む大人な選択肢は美琴には絶対選べないもので、だからこそ食蜂とはどうしてもそりが合わないのだろう。逆に言えば、向こうも向こうで美琴みたいに短絡的に害と戦う子供な選択肢は何があっても選べないという意味でもあるのだが。

極限の場面において、自分にはできない事を迷わず選べる者同士。

お互いに顔を見るだけでイラつくのも当然だ。

「ともあれ……」

美琴は再び校庭の方に目をやる。

このまま放っておけばあの女教師はめでたく処刑第一号だ。首にワイヤーを掛けられてハンドルを回され、風にはためく旗のように死体が高く掲げられてしまう。

……そして多分だけど、実際に一人でも処刑してしまったら『学舎の園』は決定的に歯車が壊れ、一切の歯止めが利かなくなる。夢から覚めても、覚めなくても、集まった生徒達は自分の正しさを信じるしかなくなってしまう。

それに夕暮金糸雀は息も絶え絶えにこうこぼしていた。私には止められなかった、と。責任なんて感じる必要はないのに、それでも人死にが発生すればただでさえ衰弱している金糸雀はますます小さく押し潰されていくはずだ。そしてそんな姉を目の当たりにした幼い妹も。

黙って見ていられない。

食蜂が食蜂の選択をしたように、美琴も美琴の選択をする。

バヂッ!!　と前髪から強く紫電を撒き散らし、常盤台のエースにしかできない方法を選び取る。

「それじゃ死地に飛び込みますか!!　人命最優先ってね!!!!!!」

## 10

「ふうー……」

と、双眼鏡から目を離したのは、常盤台中学に二つある学生寮の内、特に外部学生寮を己のテリトリーとして恐怖で支配する寮監の女性だった。

彼女はそっと息を吐いて、

「……ぶっちゃけ、今日はあっちに出張ってなくて良かったなー」

もしそうなら怒り心頭な少女達に捕まって刑場まで一直線、栄えある処刑第一号に担ぎ出されていただろう。必要とはいえ、憎まれ役になっている自覚くらいは寮監にもある。

日頃の行いは大切だ。

(ま、『あの』理事長とかその辺の腹黒いのは自分で何とかするだろう。問題は綿辺先生とかああいうラインかな？　年齢感を全部無視すればポジション的には囚われのお姫様系だし、変に捕まっていたりしないと良いんだが)

## 11

全ては一瞬だった。

むしろ三つ数えるほどモタモタやっていたら死刑台に立たされた女教師、赤鮫先生は絶対に助けられない、とも言う。

「ふんっ!!」

その瞬間、御坂美琴がとっさにぶん回したのは工事用の鉄板だった。厚さ数センチ、大きさは畳よりも広い鉄板は磁力の力で投げ出されると、七〇メートル先の死刑台にいた女教師の体を捉え、そのまま群衆のはるか外、常盤台の敷地外までぶっ飛ばしていく。

当然ながら、だ。

拡声器から、来た。

『ここにいーるぞー？』

『扇動者』の声が一気に爆発する。

いい、なそ——!!!!　裏切り者の名前はあー、御坂美琴オ!!　この期に及んで薄汚れた先生達を助けて媚びを売る、問題だらけの大人の利権にしがみついて甘い汁をすする超能力者サマっじゃああああああああああああああああああああああああああああああああああああああああああああああああああああああああ!!!!!!』

ざわりっ!!　と。

一斉にこちらを振り返った少女達の目は、完全に血走っていた。

(揃ってコンサートを邪魔されたファンみたいな顔してんじゃないわよっ、くそ!!)

それがどんな環境であれ、楚々と従い出る杭となる事を忌避する。

こいつもまた、皮肉な事にお嬢様の特徴か。

有罪コールと首吊りワイヤーが飛び交うこの極限環境で一体どんな努力を積み重ねたら快適な生活を送れるのかは是非お尋ねしたいものだが。

美琴が慌てて茂みから駆け出した途端、人工林がまとめて抉れて吹っ飛んだ。炎なのか氷なのか風なのか石なのか、いちいち特定しているだけの暇もない。いきなり数百種類もの能力が飛んできて風景をごっそり破壊していったからだ。

そして美琴側からすれば、無理して死刑台に集まった全員を仕留める必要はない。

というか、『扇動者』以外はみんな普通のクラスメイト達だ。味方と味方で殴り合っても身内で消耗していくだけだから意味がない。

（となるとさっさと逃げるに限るんだけど、ただ磁力辺りの力を借りてダッシュするだけで振り切れるか⁉）

無数の閃光に追い着かれる前に、美琴の前髪が青白い火花を散らした。

そのまま一気に五メートル以上垂直に飛び上がり、校舎の壁に足をつけて、さらに屋上まで跳躍していく。

途端にピタリと攻撃が止んだ。

（……衣食住を確保してもらってこれまでの生活サイクルが守られるから、無理して今すぐ解決する必要はない。確か消極的肯定についてはこうだったはず。つまりあの子達は生活サイクルが壊れる行為、例えば校舎が丸ごと潰れるような事態は望まない‼）

「ビンゴ‼」

「何がかの？」

息を呑む暇もなかった。

真横からの打撃を頭にもらって意識が揺らぐ。素手ではなく、もっと重たい武器の衝撃。磁力の制御を失っていれば、今ので御坂美琴は屋上から叩き落とされていただろう。

いる。同じ屋上に誰かが！

「ちイっ‼」

[illegible]校舎の壁といっても全く凹凸のないつるりとした壁ではない

世界大会の選手なら、五秒ちょいもあれば一五メートルの壁を登る。
ましてわらわ達は反則技の能力まで自由に扱うというのに」

言葉についてはひとまず保留。参考にはなるかもしれないが、美琴が自分で引き出して検証を終えた情報ではない。誰も頼んでいないのに敵方の口から出てきたフレーズなんて鵜呑みにし過ぎてもろくな事にならない。

ヒュンヒュン、という空気を裂く音が重い。

数メートルの距離に安心感がない。何故なら相手は片手に拡声器を持ち、モップよりも長い棒をもう片方の手でバトンのように回していたからだ。

先にあるのは、斧と槍を組み合わせた鋼の殺傷力。

「ハルバード……？」

「今の一発で首が飛んでおったはずなんじゃが、むしろ、とっさに前へ踏み込んだ事で刃ではなく柄の部分でわらわの一撃を受けたか。やりおるわ小娘」

ドガンッ!!　と柄の下端、石突きの部分で足元の屋根を叩いて『扇動者』がニヤリと笑う。

美琴と同じか、あるいは上の三年生か。

セミロングの赤毛を飾るのは宝石をちりばめた繊細なティアラ。ブレザー制服を内側から盛り上げる豊かな胸元。

顔を見る限り美しい白い肌だが、短めのスカートから伸びた両足は分厚い革に覆われていた。

ストッキングやタイツではない、おそらく乗馬服のズボンだ。

「レザネリエ＝サディス＝ダイヤライン、三年。常盤台中学（ときわだいちゅうがく）ディベート大会代表にして馬上戦闘部の部長。肩書きだけならまだまだあるが、この辺で切り上げても構わんかの？」

一人で勝手に名乗っているディベート大会代表は放っておいて構わないとして、だ。

今この場で気になるのはこのフレーズだった。

「馬上戦闘部……？」

「部活の中ではマイナーな方じゃよ。だから知らなくても無理はない」

やたらと巨大なハルバードなのに、片手だけで振り回しているのもそのためか。ただの槍術（そうじゅつ）とは違う、常に片手は馬の手綱に占有されたまま、不安定な体勢からでも最大威力の一撃を振るえるようにチューニングされた武術を扱っているのだ。

片手に拡声器、片手にハルバード。

ペンと刃の両方を手にしたレザネリエは不敵に笑って、

「そう警戒する必要はないぞ？　帰宅部でありながら常盤台（ときわだい）のエースとまで言われた超能力者（レベル5）サマに比べればわらわなど」

「見た目尊大なくせに根っこが卑屈だなこいつ。自信がないのか」

「うるせえ乳が貧しい人、それ多分もう育たねえぞ」

「……。」

ゴォッッッ!!!!!! と。

御坂美琴とレザネリエ＝サディス＝ダイヤラインの両名が正面衝突した。

その他大勢とは違う。

美琴側としては、『扇動者』さえ倒してしまえばケリがつく。ディベート大会の代表五人全員が怪しいからレザネリエ一人を潰した瞬間に全部おしまいとは限らないが、それでも常盤台を正常化させるくらいの大きな効果は出るだろう。

故に、躊躇なく『砂鉄の剣』を手元で作り出す。

高速振動する事によってあらゆる物体をチェーンソーのように断ち切り、しかも形については変幻自在。デフォルトでは片手で持つ剣のようだが、形を崩せば鞭のようにも伸ばせる万能の得物だ。

が、

「おやおや」

むしろ、憐れむような声が美琴の鼓膜を叩いた。

「[illegible]の相手が務まるのかえ？」

――ッ!」

オレンジの火花が激しく散った。

にも拘らずレザネリエのハルバードは切り飛ばされない。

槍と斧、そして斧の逆サイドには鋭い鉤。その分厚い斧を『砂鉄の剣』がまともに捉えた。

……ように美琴には見えた。だが実際には大きく火花が炸裂したと思ったら、体ごと大きく仰け反っているのは美琴の方だ。

明らかに弾き返されている。

「なっ⁉」

「砂鉄の高速振動。つまりその剣はチェーンソー同様、極めて短い刃で何度も同じ箇所を切りつけるからこそ優れた切れ味を発揮する」

にたりと赤毛少女は嗤って、

「であれば一振動、一振幅、一つの波が往復するまでの刹那で一気に弾き返してしまえば切れ味は我がハルバードまで伝わらぬ。おやおや、学園都市第三位サマ。決して絶対にチャンバラできんというほど恐ろしい得物ではなさそうだのう？」

（そんな訳あるかっ。超高速回転を続けるチェーンソーは一瞬だけなら指先でつついても怪我はしないって言ってんのと同じじゃない、ふざけた暴論を‼）

だが現実にハルバードは『砂鉄の剣』に耐えている。

どころか、レザネリエの方が美琴の体を振り回している。

初手で美琴側が仕留め切れなければ、今度はレザネリエ側の番だ。

(どうなってんのよ、このモンスター。第三位の私の力業が全く通じないとかっ!!)

後ろに下がろうとして、美琴はいきなり軸足を引っ張られる。

ハルバードの先端が下に下がっていた。美琴の足を追い抜いたハルバードの鉤が、カカト側から美琴の足首を引っ掛け、思い切り手前に引かれたのだ。

いきなり体重が消失する。

美琴の体が後ろに向けてひっくり返っていく。

受け身は放棄。美琴は磁力を操る力で一秒間だけ宙に浮かび、体を丸めてくるりと縦に一回転、改めて靴底を屋上へ押しつける。

ヒュカカッ!! とその間に三回以上は空気が引き裂かれた。

屋上が抉れる。

まともに受け身を取るか、あるいは派手に転んでいたら先端の鋭い穂先で美琴の急所は破壊されていただろう。金属の槍というよりカメレオンの舌みたいなイメージだ。

セミロングの赤毛少女はいっそ興が醒めたような顔で、

「反則じゃの」

「能力開発を推奨してる学園都市で何言ってんのよ!?」

落雷のように斧が縦に落ちた。

美琴は慌てて横へ体を振るが、カタカナのレの字を描くように跳ね上がったハルバードが流れるように追いかけてくる。とっさに体を折り畳んでなびくスカートを押さえなければ、鉤の部分で布を引っ掛けられていただろう。

「惜しいっ。ハダカに剝いてやろうと思ったのに」

もちろん実際にはそんな甘い話であるはずもない。

移動の自由を奪われた獲物は、どうぞご自由に殺してくださいモードに突入してしまうからだ。つまり服を掴まれて地べたに引きずり倒されればそこでおしまい、続く槍の突きか斧の振り下ろしで即死コースまっしぐらである。

ヒュンヒュン、とレザネリエはハルバードを気軽に回して、

「馬上の騎士を引きずり落として地べたで殺すのは常道の一つ。じゃが、全身の装甲化が甘い兵士の場合は、衣服の襟を搦め捕って絞め上げ、そのまま窒息させる事もできるぞえ？」

(だから鉤で衣服を引っ掛ける？　バカか!!　これから必殺を放つ人間が、はい全部説明した通りに今から攻撃いたしますなんて展開を作ってたまるかってのよッ!!)

ひゅう、とレザネリエの妖しい唇の隙間から笛のような甲高い音が響く。

タイミングを合わせ、美琴は全身から放つ電磁波のレーダーを最大出力に設定。

ゴッッッ!!!!!!　と。

放たれたのはサイドの鉤ではなく、真正面からの突き。鋭い穂先が美琴の髪を二、三本ほど切り裂いていくが、それだけだ。鋭さと重さを両立させた必殺の突きは、獲物を捕らえられずにただ虚空を貫いただけ。

やっとかわした。

これだけ重たいハルバードなら、外した時の隙も大きくなるはず。美琴は自分の眉間に意識を集中し、前髪で紫電を散らして、カウンターの一発をお見舞いするつもりだったが、

「引き切る」

「こいつっ⁉」

ガシュッ‼　と再び空気が焼けた。とっさに美琴が攻撃を中断して首を逆方向に振らなければ、レザネリエがハルバードを手前に引いたタイミングで美琴は側面についた斧の刃に引っ掛けられ、耳と頬の肉をまとめてごっそり削り落とされ、歯並びまで外に露出していただろう。材木に押し当てたノコギリでも強く引くように。

互いに間合いを測り直す。

「ハルバード。この国の言葉では適切に訳する言葉がない。斧槍だの矛槍だのと強引な造語で対応しておる例もあるが、それでは正しくこの武器を示しているとも思えんしの」

これでまだ片手。

もう片方の手は、使う機会もない拡声器を雑に握ったままだ。

、レイピア、ダガー、バスタードソード、パイク、フランキスカ、モーニングスター、アルバレスト……。西洋系の武器といっても色々あるが、ハルバードほど習得が難しい得物はないという。槍、斧、鉤。基本だけで三種も攻撃方法がある上、切る、突く、引っ掛ける、など扱い方次第でそれぞれ効果が全く変わる。無論、地べたで振るうか、馬上から突き込むか、船上より体を伸ばして敵を引っ掛けるかによってもな。あまりの難しさにプロの傭兵さえ匙を投げた結果、ハルバードの機能の一部分だけを切り取って独立させた別の廉価版武器まで発明されておる始末じゃ」

「……、」

「じゃが」

注意深く観察を続ける美琴の前で、にやにや笑ってレザネリエは重くて長いハルバードをバトンのようにくるりと回す。まるで退屈な授業中に始めたペン回しくらいの気軽さで。

それくらい、己のものとした得物を手にして。

「根気良く学び完璧に習得してしまえば、その騎士は最強の猛将に化ける。変幻自在にして無尽蔵の手札を有するわらわの攻撃を事前予測するなど不可能、そして目で見てから動作を始めて回避しきれるほどわらわの練度も甘くはないぞえ？」

（……やっぱりストレートに腕力を強化するか、鉄や金属を操る力？）

二歩、三歩と後ろに下がって油断なく間合いを測り直しながら、美琴は表情に出さず頭をフル回転させていた。

美琴は手の甲で頬を伝う汗を拭う。これは冷や汗ではないと信じたい。

「……『学舎の園』を永続的に大空へ飛ばす？　それで大人の手を離れたお嬢様だけの独立国を作るですって？」

「ふふん、思わず絵日記に書きたくなるくらいには夢のある新生活じゃろう？」

「マジで言ってんの。内外で人も物も全く出入りができない小さな世界なんて、つまり学校の連中が全員まとめて無人島に島流しされてんのと変わらないじゃない。今は家出気分でテンションが上がってるかもしれないけど、こんなのすぐに困窮するわよ。人は誰かと繋がらないと生きていけない生き物とまでは言わないわ。でも、孤立する事で不便な思いをする場面の方が圧倒的に多いのは事実でしょ？」

「金や物、贅沢な生活に興味はない。というか、そもそも常盤台に限らず五つの学校に通うお嬢様方の中で、金なんぞに執着を持っている者など一人でもいるのかえ？　生まれてこの方一度も貧乏になった事もない幸せ者の集まりの、一体誰が？？？」

「……、」

（あるいはこっちの動きを先読みする予知能力系？）

「そんなものでは『学舎の園』に集まるエリート達の心は動かん。たとえ、こいつでいくら背中を押したところでな？」

レザネリアは片目を瞑る。

ハルバードとは逆の手にある拡声器を軽く振りながら、

「そして直接的な収益に興味がない以上、ここのお嬢様方は根本的に理解ができん。金のために汚い事をしたがる大人達が。能力による優劣？　学校一つどころか街全体で公認のスクールカースト？　それだって、大人達の算盤勘定と照らし合わせて最も効率良く稼げる研究に寄与できるか否かで決められているいびつな尺度に過ぎぬではないか。……なあ、第三位？」

「なるほど口当たりは良いわね。一秒先の未来くらいは明るく見えるかしら。でもそれは、一週間先の現実まで見据えた考え方じゃない」

『砂鉄の剣』だけでは足りない。

なら次は『電撃の槍』か、あるいは『超電磁砲』まで取り出すか。

重ねて言うが、向こうはまだ片手持ち。

底が知れない。学園都市第三位にそこまで思わせるレザネリエの実力は本物だ。

(でも最初の壁登りは、あれは純粋なクライミング？　いやいやほんとにただの物理現象だけで説明して良いものなのかしら、私の記憶や認識が歪められている可能性は？　そもそも変な拡声器があるにせよ、常盤台のみんながああもあっさり扇動されているのだって……)

「おやおや。そんな目を皿のようにして、ひょっとしてダメージを最小に抑えて会話を挟み、わらわがどんな能力を使っておるのか探る方を優先しておるのかえ。健気よのう。だとしたらこれは非常に申し訳ない話になるが……わらわはまだ、能力など使ってはおらんぞ？」

「……」

ぶわりっ!!　と。

音もなく、美琴の全身に鳥肌が浮かび上がる。

能力によるサポートを一切受けず、それどころか両手を使わない片手だけであれだけ重たいハルバードを振り回しておいて、ただの武術？　美琴の方は超能力を限界まで使ってやっと追い着いているというのに。

まずい。

レザネリエ＝サディス＝ダイヤラインが能力者として戦ったらルールが変わる。焦る美琴だが流れを変えられない。

「適当に動いて体も温まってきたし」

舌なめずりすら交えて、レザネリエはハルバードを握る手に力を加えた。

宣告が来た。

「ではそろそろ、本気を出すかの」

御坂美琴は。

ゲームセンターのコインを音速の三倍で撃ち出す超電磁砲の異名で知られる超能力者だ。

つまり瞬間最大では、そういう速度の中を生きている。

その上全身から微弱に発せられるマイクロ波を利用したレーダーを使っているため、飛来物を見逃す事もありえない。精度については爆弾で弾け飛んだ非金属の鋭い破片を一つ一つ捕捉して正確に撃ち落とすレベルに達している。

なのに。

にも拘らず。

「が　　　アア　　　　　ああああああ　ああ　　　　アあ　　　　　ああぁ　あアアああ
あ　　　ああああ　　　　　　　　ア　　　　ああああ　　　　ああああああ
ああああああ　　　　　　　　ア　　　　　アア　　　　　　っっっ!!!???」

いつ叫んだのか、絶叫した御坂美琴自身にも理解できていなかった。

時間が飛んだ。

そんな錯覚さえ感じさせるほどの、圧倒的な刃の猛威。

槍、斧、鉤、あるいは太い柄や底の石突きか。ハルバードのどこが直撃したのかもはっきりしない。

ゴッキン、というマニュアル車のシフトレバーみたいな音を立てて、セミロングの赤毛をティアラで飾る少女の動きが止まる。右腕はだらりと真下に下がっていた。

「おっと？　やり過ぎて肩が外れてしまうたか。やれやれ、まぁだ準備運動が足りず関節の可動域を広げ損なったのかのう」

しかし美琴側から反撃などできない。すでに今の猛攻を受け切れず、美琴は血まみれのまま屋上の一線を越えていたからだ。校庭ではなく中庭側へと、赤を撒き散らしながら落下していく。

「……おイタが過ぎるってのよ、クソお嬢様」

「お嬢様じゃと？　そなた達如きと一緒にするでないわ」

外れた肩を逆の手で雑に戻しながら、余裕の表情でレザネリエは返してきた。

「レザネリエ＝サディス＝ダイヤラインとは東欧ダイヤライン皇国の君主である。親の背中に隠れてニヤニヤ財力を振りかざすそなた達とは扱う力の種類が違う人間ぞ」

常盤台中学に集まるお嬢様の出自は様々だ。古くから続く家柄だったり、巨大企業の次期会長だったり。中には本物のお姫様が留学してきたりもするらしい。

頭のティアラ、奇怪な下剋上が成立してからつけているものではなかったのか。国の宝とか玉座のしきたりとか、常盤台の校則を例外的に踏みつけるほどの理由を持っていたのだ。

国家事業クラスの大金。

最初から敵の正体に繋がる答えは目の前にあったのだ。いくら何でもそこまでは、と除外してしまったのは間違いだった。

(この女……ッ!?)

だがそこまでだった。

美琴の体が重力に捕まり、今度こそ真っ逆さまに落ちていく。

冗談抜きに、ここで死んでいたかもしれない。

ギリギリの所で意識を収斂し、磁力を使って校舎の壁に吸いつきながら落ちていなければ。

「があっ!!」

痛みというより呼吸困難と眩暈の方が強い。

美琴は傷を確かめ、自分の足をハンカチなどで適当に縛っていく。

(ぶっ……。無理して一度に決着つける必要はない、そもそも私の目的は死刑台に立たされた赤鮫先生を助け出した時点で成功してる！　今はとにかく行方を晦まして……)

『ここにいるぞっここにいるぞっここーにいーるぞー？』

真上の屋根から、拡声器で増幅した『扇動者』の声が飛んできた。レザネリエ自身は飛び降りて追撃するつもりもないらしい。

ヤツの武器はハルバードだけではない。

もう片方の手にある拡声器からこう続いた。

『裏切り者の御坂美琴は中庭側へ落ちた!!　独立に賛同する者は力を貸すがよい、ヤツをここでっブチ殺せえええええええええええええええええええええええええええええええええええ

えええええええええええええええええええええええええええええええええええええ!!!!!!』

チカカッ!!　と青空が不自然な星々を瞬かせた。

いいや、それは校庭側から弓なりの軌道で校舎を飛び越してから再び降り注いでくる、大量の能力だ。純粋なマンパワーの脅威。

身を翻して、美琴側はとにかく逃げるしかない。

「くそっ!!」

『先生一人助けたから、それで危機はおしまいとでも思ったかえー?』

黒土が大きく抉れていく。あるいは美琴の背丈よりも高く。

校舎の屋根から美琴の背中に向けて、嘲るような声が浴びせられた。

『なら別のヤツを適当に捕まえて死刑台へ引きずっていくわ!!　別にわらわ的には殺す順番な、、、、、、、、い、い、い、い、い、い、い、い、んぞ前後しても構わんからのうー?　あっはっは、常盤台のみならず「学舎の園」にどれだけ惨めに走ったところで逃げられる場所など限られておるぞ。こちらには数がある、ローラー作戦で全部狩り出してくれる。どこにも離脱のできない死の領域において、狙われた教師達の一人一人を見逃さず、全員をきちんと救えるかのうー御坂美琴ォ!?』

(最悪だっ!!　あの女、人の追い詰め方をきちんと理解して包囲を狭めてくる!!)

## 12

常盤台中学の校舎、その屋上だった。

セミロングの赤毛に白い肌。学校制服のスカートの下に乗馬ズボンを穿き、頭のティアラで己を飾る皇国の君主は下界を見下ろしていた。

御坂美琴はもういない。が、高度五〇〇〇メートルから何の準備もなく自由落下を試すとも思えない。

「ふむ」

「君主様」

特にこちらから呼びつけた訳ではなかった。

にも拘らず、気がつけば同じ屋上に四つの影が追加されていた。決してレザネリエの視界を遮らず、それでいていつでもその身を挺して庇う事ができる至近をキープして、だ。

弁護士、統御懸愛。

メイド、恋歌エフィルティ。

会計士、算木逢。

シェフ、舌鼓淑子。

これに君主のレザネリエを入れれば、五つのお嬢様学校のディベート代表が揃った事になる。

もちろん元々は『学舎の園』の各校に在籍する普通（？）のお嬢様だった。皇国の家臣どもに対抗意識でも燃やしているのか、気がつけばこんな形に収まってしまったが。

高級スーツの弁護士、統御懸愛が恭しく頭を下げたまま尋ねてきた。

弁護士。君主と並んで、ある意味で最もディベートを己の武器とする記号。

「いかがいたします？」

「そうじゃの」

追え、と命じてほしかったのかもしれない。

しかし猟犬を放つのはここではない。

「問題に対してただコストを払うのではこちらの負債になるだけじゃ、あむ」

適当に言って、レザネリエは指先で何か摘まんだ。ブドウの粒ほどの大きさのそれは、おそらくゼリー系のお菓子だろう。

「これ美味いな、どうやって作ったのじゃ？」

「はあ、使っているのは大したものでは……。ただ一〇、〇〇〇万気圧程度で一気にガムシロップを食材へ瞬間注入すれば、浸透圧を無視して味を染み込ませられるってだけで」

ぼそぼそと答えるシェフに、メイドの恋歌エフィルティはそっと息を吐いた。

そもそも舌鼓淑子は職人気質なので、一品を食した後に言葉を使って説明しないといけない状況そのものがまだまだ力不足だと感じているらしい。一応ディベート大会の代表という話なのに。

個人の嗜好などどうでも良い。己が奉じ仕える君主が笑みを浮かべればそれで十分過ぎるだろうが。

「……どうせなら逃亡者は有効に使わせてもらおう。各々の学校から、見た目は従順じゃが内心の怪しそうな生徒をピックアップ。例の御坂美琴を追わせろ、渋る者は『黒』とみなして処刑送り。ま、こんなものでも踏絵の代わりくらいにはなるじゃろうしな」

「では、そちらの常盤台中学からは」

弁護士、統御懸愛の問いかけにレザネリエは迷わず答えた。

「ひとまず食蜂操祈とその派閥。後は加えて何人か、といったところかの？」

「もったいないですな。戦力的に見れば切ってしまうのは」

「阿呆。寝首を掻かれるくらいなら迷ってはならん」

数字の大小しか見ていない会計士の算木逢の言葉については一蹴。

レザネリエ＝サディス＝ダイヤラインが簡単に言った時だった。

ぼろっと。

レザネリエの手の中で何かが崩れていく。それは先ほどまで無敵の力を発揮していたハルバードだった。たくましいシルエットはすでにない。赤い錆の粉が風に流れて消えていくだけだ。

「……やれやれ、ステンレスは錆びないのが売りじゃなかったのかー？　鉄もアルミも青銅もみんなこうじゃ。わらわもいい加減に固定の『相棒』が欲しいのじゃがのう」

「錆びにくい、です。そういう能力なのですから、仕方がないでしょう」

まぁの、とレザネリエは片手で気軽にがしがし頭を掻いて、それから掌に錆びの粉が残っているのを思い出してますます肩を落とす。

メイドの恋歌エフィルティが慌てた様子でタオルを取り出して、

「く、君主様。錆びない金属をお望みでしたら、それこそ次は純金製のハルバードでも作ってみては？」

「そんな柔らかい金属で命を預ける武具など作れるか、それにそいつじゃ意味がない」

適当に突っぱねてから、レザネリエはもう一度中庭の方に視線を振った。

ハルバードは失われたが、君主はまだ無手ではない。逆の手には、トリガー型の電源スイッチがついた拡声器がある。指向性の高い大音響に合わせて痒み成分の微細なミストをこっそり撒き散らす小道具が。

トリックで良い。

カリスマ性なんぞ、本当の君主にとっては演出して自在に振り回す武器の一つに過ぎない。才能や運に頼って国家を経営するなど発想からしてありえない。

「……わらわの武器は別にハルバード『だけ』ではないぞ？　御坂美琴。あるいはこっちの方が、そなたにはキツいかもしれんのう」

13

常盤台中学の敷地はひとまず抜け出したが、気は抜けない。

「くそっ。やっぱ風紀委員仕様の止血剤とか欲しくなるわね」

美琴はあちこちの傷を眺めて舌打ちする。雑に布で縛ったくらいでは心許ない。

しかし安易に人に頼り過ぎるのも良くない。自分一人だけで行動している訳ではないのだ。白井、初春、佐天……それから、せっかく地下深くから助け出した夕暮金糸雀も。考えなしに逃げ帰ると、後を尾けられたら他のみんなと合流するタイミングで隠れ家が露見してしまう。

意外なほど街は整然さを保っていた。建物が倒壊したり、ガラスのウィンドウが砕けたりといった様子はない。電気ガス水道、地下インフラ網なんて軒並み断線しそうなものだが、どうやらその辺も計算して地盤の改造を行っていたらしい。

美琴はまず信号機を、そして建物の屋根にあるソーラーパネルに目をやる。

(……なるほど。電気はソーラー、水は雨雲の下を潜って、ガスはどうなってんのかしら。レストランの裏手にあるデカいプロパンのボンベとかでもしばらく保ちそうではあるけど)

ただし圧倒的に足りないものがある。

人だ。

欧風に整えられた石畳の街には誰もいなかった。

レザネリエの話がハッタリではなかった場合、集団をまとめるための処刑対象は基本的に教師。ただ高位能力者の群れが哀れな犠牲者を求めて表を徘徊しているのだ、それ以外の大人達だって呑気にレジ前に立っている訳にもいかないか。

そもそも、レザネリエ達が口で言った約束を律儀に守らなくてはならない理由も特にない訳だし。いつどこで気紛れや暴走・破綻が発生する事やら。

(……しかし大人達はどこに消えたんだ？　受験生は？　まあ、今の私が下手に近づいても他の連中と同じ『暴徒』扱いされてまともに話を聞いてもらえない可能性もあるけど)

何しろ高位能力者ばかりを特別に集めた『学舎の園』だ。先生達はこっそり校舎の屋根裏にでもシェルターを用意しているんだろうか。ここにもまだ結構な数の警備員がいそうなものだが、彼らの火力には能力と違って弾薬や燃料がいる。五つのお嬢様学校全部合わせて、怒れる群れと化した一千人以上もの高位能力者を何の支援もなくいつまでも抑え込めるとは思えないし。

「っ？」

と、そこでびくりと美琴は肩を震わせた。

無人の街だと遠くからの足音もかなり目立つ。美琴は磁力を使って道路上から適当な石造り真下の道路をぱたぱたと走る影があった。

「ぬおお!!　御坂さんはどこだっ御坂さんはどこだっみさーかさーんはどっこだァああああああああああああああああああああああああああああああああああああああああああああああああああああああああああああああああああああああああああああああああ!!!!!!」

（うわあ、婚后さん……。悪気はない、悪い人じゃないのは分かるんだけど、とにかくその場の空気に流され過ぎ！　あの人は今まで必死で積み上げてきた株を一瞬で底の底まで落とす天才なのかッ!?）

　和風黒髪お嬢に思わず額に手をやってしまう美琴。

　物体に触れる事で空気の噴射点を作る婚后光子の『空力使い』は扱い方次第では相当厄介になるだろう。何しろ電波塔を成層圏までぶっ飛ばすそうだから、単純な射程距離だけなら美琴の『超電磁砲』より上なのだ。特に、高空に切り離されて土地の限られた今の『学舎の園』だと一度見つかったら延々と飛び道具で削られ続けて、敷地の縁から五〇〇〇メートルの青空へ突き飛ばされるリスクさえある。

　とはいえ、逆に言えば婚后の能力はそっち系だ。

　予知や透視で獲物の位置を理不尽に特定したりはしないので、地上を走り回っているだけでは見つからない死角へ逃げ込めばやり過ごせる。

むしろ問題なのは、

(……そういう理不尽な真似に特化した能力者か)

『うふふ。全部聞こえておりますよ、御坂様?』

「くそっ!?」

バッ!! と今度こそ勢い良く美琴は振り返る。婚后が走り抜けている通りを挟んで隣のビルの屋上から、淡い笑顔を浮かべて手を振るおかっぱ少女が見て取れた。

食蜂派閥の一人、口囃子早鳥。

確か彼女の念話能力は、『接続』した相手の位置を大雑把に把握できたはず!!

(でも確か口囃子さんの能力は距離の制約があったわよね。移動速度は大した事ない。大きな通りをまたぐようにして二つか三つ、別のビルへと飛び移れば彼女は振り切れる!!)

『ですから接続中は心で思ったお声は全部聞こえておりますわ。聞かせる声と秘めたる声は切り分けられますので、今後お勉強会を開きましょう? それに、わたくしは直接戦闘が苦手なタイプ。……言ってみれば、必要な情報を前衛にお伝えする通信支援の役回りでしてよ?』

ズドンッッ!!!!!! と。

美琴の背後のビルが、不自然に震動した。

屋上に一つしかない出入り口の扉が開閉すれば無線系の火災報知機経由で美琴に異変は伝わるはずだ。そんな反応はなかった、じゃあ何で屋上の中心も中心から『ズドン』が来るのだ？　このビルは大きな通りで囲まれているはずだし、この屋上そのものだって一辺四〇メートルはある広々としたものだ。なのに、なら、あの『ズドン』は一体どこから跳んでどうやって降ってきた『ズドン』なのだ⁉

「……、ヤバい」

恐る恐る、といった感じで美琴は改めて振り返る。

おそらくそうやって『着地』したのだろう、四角い屋上の中心で片膝をついてうずくまっているのは豪快な縦ロールの少女。パリパリと髪の中で紫電が散っているが、美琴とは大分使い方が違う。

常盤台中学でも最大規模の食蜂派閥、そのナンバー2。

完全物理特化で女王専属の護衛、そしておそらくは敵を倒す方も兼ねる。

(これはマジでヤバい‼)

「帆風、さん……ツッツ‼⁉⁇」

「申し訳ございません、御坂様」

にこやか、ですらあった。

[illegible]断できない微弱な電気信号を使って自身の筋肉を限界以上に稼働させる『天衣装着』があれば、その二本の腕だけで黒塗り防弾車くらいぐっしゃぐしゃに畳める純粋グラップル馬鹿。向こうも自分の破壊力を理解できていない訳ではないだろうに。

すでに、口囃子早鳥は自分の仕事を終えていたのだ。

ターゲットである御坂美琴の座標まで帆風潤子を精密に誘導・着弾させた時点で。


「でも女王の『最適化』は絶対ですので☆」


ゴッッッ!!!!!!　と空気が唸った。

ていうかその踏み込みだけでコンクリとか普通に割れている。

美琴は派手に紫電をばら撒いて閃光で目潰しをしつつ、しかし躊躇なくビルの屋上、その縁からぶっ飛ぶ。あんな怪物と無駄に削り合いになってもこちらが得する事なんか何もない。それに格闘系との相性の悪さみたいなものはつい先ほどハルバードで経験したばかりだ。

摑まれたら終わり。

第三位の超電磁砲にすらそう思わせるほどの、怪物。

(空中での移動の自由度だけで言ったら絶対にこっちの方が上！　壁でも屋上でも良い、とにかくビルからビルへと飛び移って距離を取ってしまえば……)

「うふふ」

「……、」

近い。

うふふの聞こえた距離が近すぎる⁉

こっちは磁力を使ってビルからビルへ、道路から数えて三〇メートル以上の空中を跳んでいる真っ最中だっていうのに耳元から聞こえてこなかったか、今⁉

「マジか……？　純粋な、脚力だけで⁉」

「はい、本気です☆」

爆音。

真上からただゲンコツを落とされただけで、美琴の体が軌道をねじ曲げられ、砲弾みたいに仮初めの地上へ突っ込んだ。とっさに磁力を使ってビルの壁面から毟った看板を盾にしてもこの威力だ。直撃だったら文字通り体が爆発していたかもしれない。

磁力って素晴らしい。体を減速できたおかげでまだ動ける。

『ひっ、ひいい‼　もうやだ何この世紀末ジェノサイド時空。私は「透明化」して引きこもるっ、永遠に安全な私だけのお花畑にいい‼』

と、虚空から何か聞こえた。

[illegible]ぞ。[illegible]、[illegible]、[illegible]ち凝視している場合じゃない。

大丈夫、逃げるならさっさと立ち去って。そっちから仕掛けてこない限り攻撃はしないから」

『ぶっ!?　体を消す事だけが私の取り柄なのにマイクロ波レーダーで全部バレてるっ!?』

がつっ、と真上からコンクリを削る鈍い音が響いた。

美琴は前髪から紫電を散らす。帆風が真っ直ぐ落ちてくるだけなら『雷撃の槍』で迎撃できたかもしれないが、恐ろしい事に複数のビルの壁面を蹴り、ピンボールみたいに跳ねて落下してくるから狙いを定められない。横に転がって着弾を避けるので精一杯だ。

（くそっ、使い道は違っても同じ発電系だから、前兆として放たれる磁気や電磁波の揺らぎなんかを先読みされているのか!?）

美琴側から帆風の能力のオンオフは検知できない。得手不得手があるのか、あるいは『対美琴個人戦用』の切り札を『あの』食蜂からいくつか開発要求されている可能性すらある。だって『あの』食蜂操祈だし。

ていうかあの腹黒女狐は今どこで何をやっているのだ!?

「ほ、帆風さん？　あのう、ここで紅茶でも飲んで冷静に話し合いとかは可能な感じ？」

「申し訳ありません。わたくし的には大変心苦しいのですが、女王がひとまず静観を決めて異質な風景に溶け込めとご命令なさいましたので、派閥全体の意向としては御坂様を捕縛してレザネリエ様の率いる独立派の信頼をどうしても獲得しなくてはならないのです。大変申し訳ないのですが」

「不徳の致すところモードにしては攻撃に全く躊躇がないっていうか、今の対応しくじってたら私普通に死んでるはずなんだけど……」

「躊躇がないのは女王の素晴らしい計らいによって、死の恐怖や環境変化に対する重圧などの心理的負担を軽減するよう『最適化』を受けているからでしょうね。……あら？」

「？」

「おかしいですわね……。先ほどから胸の内が妙にムズムズすると思ったら、どうにもわたくし、御坂様と戦いたくて仕方がなくなっているような？　こっ、これは一体どうした事でしょう、あらあら困りましたわ御坂様。はぁ、ハア。ああっ、御坂様と拳を交わして一緒に死の際の向こう側、人としての上限を超えてみたい！　これは大変困りましたわあ!!」

「大変困ってるのは私の方だあの食蜂腹黒女狐ェええええええええええええええええええええええええええええええええええええええええええええええええええええええええええええええええええええええええ!!!!!!」

14

ズドンバキンと大気を爆発させて大地を震動させている超絶バトルはひとまず放っておいて、

た

皆の注目がそっちに集まり、主要な戦力が向かっている間に、食蜂操祈(しょくほうみさき)はノーマークとなった欧風の街並みを優雅に歩いていた。しかも一人きりではない。まだ一二歳の女の子の手を引いて、である。ただしこの子についてはぼんやりとした瞳で、手を引いた方向へ従順に歩を進めるだけの精神状態に調整してあるが。

「ちょっと肌寒いからみんな油断しているみたいだけどぉ、紫外線きっついわぁ。富士山(ふじさん)より余裕で高いんだもん、やっぱり日焼け止めのクリームは最優先で確保しておいて正解だったんだゾ☆」

彼女の『心理掌握(メンタルアウト)』は人間相手なら大体何でもできるチート能力だが、一方で機械や軍用犬など人間以外のエネミーには滅法弱い。

そういう意味では、

(……高度五〇〇〇メートル。『学舎の園(まなびやのその)』で採用されている防犯カメラが温度や気圧の変化力に弱くて助かったわぁ)

とはいえ本当に全部が全部、街頭の防犯カメラがきちんと故障したかどうかまでは確定していない。カメラを見かけるたびに遠目に観察し、レンズの絞り部分の拡大縮小が止まっているかを確認しないとうかうか表も歩けない。

そうして注意深く『学舎の園(まなびやのその)』を進んでみれば、だ。

「なるほど。こんなトコに隠れていたのねぇ☆」

　イベント日ならそこらじゅうに停めてあるキッチンカーの一つだ。屋根つきの隠れ家でありながら、『学舎の園』全体のセキュリティサーバーと繋がった防犯カメラとは縁がない。今時なら車体の前後にドライブレコーダーくらいついてそうだが、外部からやってきた車の場合は敷地内の機密保持名目であらかじめ装置を外すよう要求されていてもおかしくない。

　つまり、レザネリエ達の目には留まらない。

　車内で息を潜めて太股のベルトから金属矢を抜いていた白井黒子は相手の正体に気づくと、側面の受け渡しカウンターから顔を出した。

「げっ、食蜂操祈……」

「ここバレちゃったって事ですか？　あのう白井さん⁉」

「ちょ、狭いんですから暴れないでくださいよ佐天さんっ。あちち、カップ焼きそばのお湯がア⁉」

　どうやら保存料と化学調味料だらけの切ない食生活を満喫しているらしい。天然系以外は一切口にしないと決めている食蜂からすれば複雑な化学式を使った長期的な自殺にしか見えないが。高度が高いという事は気圧の関係で水が沸騰するための沸点もズレているはずなので、カップ麺なんてまともに作れないだろうに。

「そんなにビビらなくても大丈夫だゾ？　まずはこの子を返すわねぇ」

それから、

「おねえちゃん!!」

よたよたと力なくキッチンカーの外に出てきた夕暮金糸雀を見て、パッと爪羽鶏の顔が輝いた。両手を広げ、そのまま体ごとぶつかっていく小さな女の子を見て、食蜂はそっと目を細める。

「おねえちゃん、おねえちゃん!!」

女王ではなく、少女の顔を少しだけ出して。

「まあまあ、大丈夫よニワトリ。もうお姉ちゃんどこにも行かないからね」

「すんすん、おねえちゃんの匂いだ。おねえちゃんあったかい！　すべすべで柔らかいし、やっぱりおねえちゃんが一番だなあー。うふふ、もふもふ、うちのおねえちゃんは抱き心地がちがう!!」

だんだん不安になってきた佐天が横から口を挟む。

「……あ、あれ？　感動の再会のはずなのに、なんか白井さんと同じ種類の匂いが漂い始めてきてる……？」

一応姉の金糸雀側はあらあら困った甘えん坊さん、くらいの感覚みたいだが？

白井は肩にかかったツインテールの片方を軽く手で払って、

「ふっ、人はお姉様に始まり長い旅路を経て最後に再びお姉様へと還っていく生き物なのですわ。そこの少女はその歳にしてすでに己が魂にサインを刻んでいるようですわね、なかなかに見どころありと判断いたします」

「もうそろそろ本題力に入っていーい？」

宇宙の果てまで脱線していきそうな連中に、常盤台の女王は呆れたように割り込んだ。

白井は眉をひそめて、

「……本題も何も、一体何をしにここまで？　それも、護衛の帆風さんも連れていないようですけれど」

「ああ、帆風はあっち。私とこの子の身の安全を守るという意味なら今も立派にお仕事してるわよぉ？　そうでもなければ防犯カメラを避けて進んでいるとはいえ、レザネリエ側に気づかれずここまで来る事はできなかったでしょうし。あと潤子さぁん、今は非常事態だし多分正当防衛とか機能して罪には問われないんだから御坂さんとかついうっかりで殺してくれると一〇〇点満点なんだけど☆」

どこまで本気か分からん事を（やっぱり真面目に）言っている食蜂は肩をすくめて、

「レザネリエ＝サディス＝ダイヤライン。一見すると全部あの女の計画通りって香りが漂っているけど、実際はそうじゃないでしょぉ？　どこかの誰かに見られちゃいけないものを見られて慌ててコ封じに走らざるを得なかった時点で減点、しかもそういった異変を周辺の関係者に察知されてしまっている時点でさらに減点、挙げ句に口封じしたはずの人間が仕留め損なって救出されている時点で大減点。ここまで言えば分かるかしら？」

ごくりと喉を鳴らしたのは初春だ。

「つ、つまり計画のアキレス腱は、最初から目に見える位置にあった……？　そもそもの発端、金糸雀さんがあの地下で何を見て、何故襲われたのかが分かれば‼」

全員の視線が集中した。

常盤台中学二年。美琴のクラスメイトにして新聞部。

美琴の話では、能力は応用次第でかなりヤバい戦力になるらしい。そして性格的には滅法正義感が強くてスーパースローの呪いがかかっている、という話だったが……？

「まあまあ、『工場』よ」

抱き留めた妹にいいようにされながら、夕暮金糸雀はそう切り出した。

「まあ、『学舎の園』の地盤を人工的に強化して浮上に耐えられるようにするだけなら、メガフロートに使う軽量アルミ合金のキューブを隙間なくびっしり埋め尽くせば済む話でしょう？あらあら。でも実際には、あの地下には通路や部屋がたくさんあった。つまり台座だけじゃない。何かしらの目的があって追加された空間だったの。それは『工場』だったのよ」

工場、という単語は夕暮金糸雀発見時にも切れ切れに聞いている。

問題は、それが何の工場なのかという話だ。

「レザネリエさん達独立派は、二つの意見を重ねて『学舎の園』の生徒達の心を縛っている。一つは積極的肯定、悪い事をしている教師や研究者……っていう架空の敵を作って団結を高めているの。実際、まあ、本当に大人がみんな悪いかどうかははっきりしていないのにね」

金糸雀はぬいぐるみみたいに爪羽鶏を抱き直して、

「もう一つは消極的肯定。たとえ『学舎の園』が独立して大人達を排除しても、これまで通りの生活サイクルは保てる。だから無理して抵抗しなくても、ひとまず現状維持が一番賢い選択……って思わせている。行列のすぐ近くで迷子が泣いているとして、みんながみんな今までの時間を投げて対応できると思う？　あらあら。間違っていると薄々分かっていながら今だけは誤りだと言わない方が賢い、と足踏みさせれば、レザネリエさん達は群衆を黙らせられるの。これって少数の君主と側近だけで大多数の民を管理する独裁の枠組みの基本だったはずよ」

何でそんな物騒な世界の『基本』を中学生がさも当然のように語れるんだ？　という疑問についてはこう答えるしかない。そもそも常盤台はそういう独裁や人心掌握を学ぶ学校でもあるからだ、と。

処刑に反対する者は学園都市の科学者がこれまで散々やらかしては上層部の手で揉み消してもらってきた数々の事件を肯定する腹黒い人間として扱われ、しかも過激な意見に対しては口を噤んで黙って流した方が賢いとその他大勢に判断させる。

賛成も反対もしていないが、流れがあればひとまずそのまま従ってしまう。

──……大した独裁国家ねぇ。馬鹿馬鹿しいけど効果的だわ、人間の心理ってヤツを良く勉強力していているんだゾ」

「じっ、冗談じゃありませんわよ。何が生活サイクルを守るですの、もし集団の手で本当に人を処刑してしまったら殺人の汚名を着る事になるのに！」

「だから一層、一度でも加担してしまった人達はあらゆる法律や国際条約を弾き返す『独裁国家という馬鹿げた枠組み』を守らなくてはならなくなるんだゾ☆　小さな敷地の外に一歩でも出たら即逮捕されるようになるからねぇ。あなたの国では悪と呼ばれるかもしれないが、私の国では適法の範囲に収まる献身的な行動なのだ。こう主張力できなきゃ世界中から袋叩きにされて殺される仕組みができてしまったら最後、『学舎の園』のお嬢様達は永遠に茶番劇から降りられなくなるわよぉ？」

「でも、できない」

夕暮金糸雀がそうこぼした。

全員が『決定的な何かを見た』目撃者の方へ視線をやる。

「あの『工場』じゃスペック的に足りないと思う。最初から設計を間違っていたのか、何かしらのトラブルで搬入予定だった製造機械がきちんと手に入らなかったのかまでは調べ切れなかったけど。でも、できない。地下にあるあれだけじゃ、あらまあ、レザネリエさん達はみんなと交わした約束を守れないはずよ」

「そ、そもそも『工場』というのは何なんですか？」

初春が恐る恐るといった調子で繰り返した。

「今の話のどこにも『工場』なんてものが出てくるとは思えないんですけど」

「ううん。消極的肯定の方にこうあるはずだよ。まあまあ、大人達がいなくなっても普段の生活サイクルは守られる。だから今は下手に動くより静観していよう、って」

「それが……」

「あらまあ。つまり、衣食住」

夕暮金糸雀がそうこぼした。

核心に触れる。


「広大な地下にあるのは農業ビルのような、人工的な野菜プラントやクローン食肉工場。でも、あれだけのスペックじゃ『学舎の園』の全員分を賄えるとは思えない。だからこその処刑。レザネリエさん達は、文字通りの口減らしでこの事態を乗り越えようとしているみたいなの」


口減らし。

そんな言葉がリアルに出てくる事自体が、今を生きる中学生達にはもう信じられない。

今日は一体西暦何年なのだ？

こういう時は、シビアな思考ができる食蜂操祈が時間を再び動かすべきだ。

「……それ、具体的なデータって拾っている訳ぇ？」

「こ、ここに」

常時スーパースローの呪いがかかっているとはいえ、やはり第五位から直接迫られると気後れするのだろう。

おずおずと言って夕暮金糸雀が胸元から取り出したのは、シャーペンの芯のケースよりは大きいくらいの、細長いプラスチックの塊だった。

新聞部の取材活動などで使うＩＣレコーダー。

もちろん録音機能くらいならスマホにも入っているだろうが、誰でも持っているものは全員警戒するに決まっている。だから取材対象の前でわざとスマホの電源を切るアクションをしてからでもこっそり使えるよう、敢えて独立したデバイスを別に用意してあるのだろう。

ただし重要なのはそこではなく、

「レコーダーに使っているフラッシュメモリ。ここに『工場』のコンソールから施設全体のスペックデータをコピーしてあるから……。まあまあ、細かい数字だけだと難しく見えるかもしれないけど、グラフ化すれば生産と消費のバランスが噛み合わない事はすぐ分かるはずよ」

「それ貸してください」

言ったのは初春飾利だった。

彼女はＰＤＡを取り出しながら、
「セキュリティの状況に関係なく、私なら全部公開できます。『学舎の園』内部のネットワークは使えるみたいですし。それを使って『学舎の園』のみんなの目を覚ましてあげましょう」

## 15

『……い、だ』

直接は関係なかったと思う。
だけど、その出来事がきっかけで気づいてしまったのは事実だ。

『嫌だ』

それは声を発する事はできない。
それは表情を作る事はできない。
だけど、確かに心を持っている事は誰でも知っている。
だというのに。

『面倒見る。わらわがこやつを預かる!!　じゃからわざわざチューブを抜く必要はないじゃろう、この子は何も悪くない！　だから、待ってくれ。お願いじゃから……ッ!!』

呆気なかった。

理由は回復の見込みがなく、恒久的に世話をするには経費と人員を無駄に消耗するため。なおかつ、遺伝的に見ても基準値以上の価値が認められない。それだけで、確かにあった命は失われた。

それで、気づいたのだ。

先生達の都合というものの手触りが分かってしまったのだ。

そうだ。そうだとも。

きっとわらわ達も、最後はこんな風に捨てられてしまうのだろう、と。

「む」

ざぱりというお湯を割る音があった。

赤毛セミロングの君主は気だるげに瞬きし、湯船の中から顔を出す。

「……いかんいかん、入浴中だというのに眠っておったか」

　自分で思ったよりも疲労が蓄積していたのか。あるいは高度五〇〇〇メートルの低酸素や紫外線が効いているのかもしれない。そもそも始める前からアクシデントの連続だったのだから、疲労も当然かもしれないが。

　リフレッシュするつもりで入った風呂だったが、実際には余計に体力を奪われている。のろのろと湯船から体を引っこ抜いて脱衣所に向かうと、雑に体を拭いて新しく用意された着替えに袖を通していく。

（馬鹿者め、ブラウスに糊の匂いがまだ残っておるわ）

　常盤台中学の冬服と、短いスカートの下に穿いた乗馬ズボン。すでにハルバードもまた新調されていた。まあ、手触りと重さから考えてチタン合金製のようだから、レザネリエが本気を出せば一〇分も保たないだろうが。

　馬上戦闘部の象徴たる武器。

　それを摑んでバトンのように軽く回し、肩で担ぐと、濡れ髪にティアラをのせてレザネリエはシャワールームの脱衣所から校舎の廊下へと出た。

　高級スーツの弁護士を見かけた。

「御坂美琴は？　踏絵代わりに差し向けた食蜂派閥の連中と衝突した辺りまでは報告を受けておるが、その後はどうなったのじゃ」

「そ　それか……」

「炙り出しが思ったように進まんのなら人質作戦を使うがよい。適当に教師を捕まえて死刑台に立たせろ。後は街中のスピーカーから処刑の日時を伝えれば、御坂美琴のヤツは必ず止めにやってくるであろ……」

「そうではなく」

珍しく、狼狽えたような口振りだった。

「こちらに向かってくるようなのです」

「？」

「御坂美琴と食蜂派閥の戦闘は常に位置を変えながら継続しております。そっ、それが。この常盤台中学を巻き込む形で突っ込んでくるようなのです!!」

## 16

美琴は何をどうしたって『扇動者』レザネリエと決着をつけなくてはならない。

しかし相手は五つのお嬢様学校のエリート達を掌握した皇国の君主だ。これだけ分厚い警備の中、誰にも気づかれずにこっそり侵入して闇討ちするのはほぼ不可能だろう。

一方で、美琴と殺し合いをしなければ処刑送りにされる食蜂派閥の連中も、疑いをかわすためには手を抜けない。

こんな事をやっていたら、レザネリエの元まで辿り着く前に消耗してしまう気がする。

が、ここに抜け穴があるのだ。

つまり、美琴が食蜂派閥と本気で戦いながら『学舎の園』内部を移動し続ける分には困らない。帆風達の立場は守れるし、彼女達のド派手な能力の爆発などによって視界を遮ってしまえば、美琴は常に移動し続ける遮蔽物を利用して確実にレザネリエの懐へ飛び込める。

例の暴走帆風もこの演技（？）のためらしい。……どうもそれだけじゃないっぽい気配もするが。

超至近で拳や蹴りを繰り出しながら、しかし、帆風の内緒話は美琴以外には洩れない。他の派閥メンバーが放つ流れ弾が激しく爆発するせいで小さな声がよそまで届く事はないからだ。

「（……女王から電話で伝えていただいた独立関係の問題と、御坂様が立ち去った後、屋上のレザネリエ様まわりで起きた現象は大体こんな感じです。能力の解析のお役に立てれば！）」

「（ありがとう帆風さんっ）」

「（それから御坂様捜索隊は群衆の中から怪しいと疑われた人達に対する踏絵行為ですから、おそらく、ええと婚后様と水泳部のお二人？　あの方達も普通に冷静で、ご学友の御坂様を守るため、ひとまず従順に追い回す演技だけしていたのだとは思いますけれど）」

「（えっ……。やっやべえ!!　そうだよ婚后さんは何かと熱くなりやすいけど一線は守る系の人たし、なんかおかしいと思っていたのよ！　これは後で謝らないと!!)」

「(ええと、確か、『空力使い』の噴射点に数の上限はないので、一千個でも一万個でも『学舎の園』全域の裏面を回って必要な数を揃えてから御坂さんが『空飛ぶ車』関係の複数同期グリッド式二重反転ローターネットワークを電気的に破壊すれば、『空力使い』で減速を促しつつ『学舎の園』を安全かつ確実に不時着を狙えるとかどうとか仰っていましたっけ？)」

「(空については何でもお任せ婚后航空の偉い娘さんが世界で一番ちゃんと考えてた!?　超謝ろう!!!!!!)」

あからさまに閃光と爆音を鳴らして集団で場所を移動しているのだから、当然ながら『本当に』レザネリエ達に賛同してしまった他のエリート達だって気づいて動き出す。

が、巻き込んでしまえばこっちのものだ。

元から追われる美琴は容赦なく邪魔なお嬢様に高圧電流を浴びせていくし、帆風を始めとした食蜂派閥の面々も流れ弾のふりしてしれっと火球や超音波を叩き込んでいく。当然、食蜂派閥側にとっても大きなギャンブルだ。この短期決戦でケリをつけられれば丸く収まるが、そうならなかった場合、言い訳が通じなければじり貧で追い詰められる側に転落してしまう。

でも彼女達は美琴の単体戦闘能力を信じてくれた。

ハルバードと拡声器。

その片方。集団としての力を足止めさせてしまえば、勝算くらい変わるはずだと。

「（さあお早く‼　レザネリエ様は常盤台に陣取っているはずです‼）」

「（さんきゅー帆風さん、それにみんなも。食蜂抜きなら後でなんか奢る‼）」

美琴がそれだけ言って常盤台の敷地に突っ込んでいくと、送り出す縦ロールはなんか困った顔になっていた。カツカレーからカツとルウと野菜とライスを除外しましょうと大真面目に提案されたような表情だ。

庭師の手で良く手入れされた校庭の真ん中だった。ヒュン、という鈍い音があった。

ハルバードが空気を割る音色だ。

「来おったか」

「やっぱりスズメちゃんは突き止めていたみたいよ。彼女を殺せなかったのは素直に失敗だったんじゃない？　……この『学舎の園』、自給自足ができるほど食糧事情は潤沢じゃないんでしょ。私は助けた時にちょっと聞いたくらいだけど、新聞部のスズメちゃんが地下から持ち帰った何かはすぐにでもこの小さな世界に公開されるわよ。学園都市第三位、私より腕の良いハッカーがついていているからね」

「だからどうした？」

「？」

即答だった。

美琴はわずかに眉をひそめる。演技という感じはしなかった。あるいはいざとなれば恐怖政

「ま、仕方がなかろう。ヤツの『完全消毒（ミクロダイイング）』は触れただけで全微生物を殺害される、共生する人間側にとっては一撃必殺の能力じゃぞ。防護服で全身を隙間なく包まん限り近づく事も敵わん。あの区画から『工場』の作物に触れる事はできん。じゃから、適当に遠距離からダメージを与えて衰弱させたら、後は出口の扉を閉めて餓死させるのが一番クレバーなはずじゃった」

「ありがとう。……どうしても殺せなかった、とか言われたら全力で戦う気が失せていたでしょうから。これで容赦なくヤレるわ」

「言っておくが、わらわは自分の目的のために教師陣を皆殺しにしようとする暴君じゃぞ？　顔も名前も知らん連中であってもまとめてのう」

ゴンッッッ!!!!!!　と。

一秒の躊躇もなく御坂美琴とレザネリエ＝サディス＝ダイヤラインが正面衝突する。

17

常盤台中学の校庭だけが戦場ではない。

高度五〇〇〇メートルで孤立無援の『学舎の園』全体で、安全地帯なんてどこにもない。

例えば、多くのキッチンカーが取り残された大通りだってそう。

「チッ！　それにしたって人の数が多いわねぇ」

手の中でテレビのリモコンをくるくる回しながら、食蜂操祈は舌打ちした。

ガンッ！　ゴンギン!!　という鈍い金属音は、複数方向からこちらのキッチンカーを取り囲む影があるからだ。

弁護士。

メイド。

会計士。

シェフ。

群衆を使わないのは総数では劣勢ながらも食蜂派閥が引っかき回しているから？　あるいは人には見せられないデータを完全な形で消し去りたいので連れてこなかったのか。

「……御坂さんのヤツ、バトル時空の空気力に当てられて余計な事口走っていないでしょうねぇ？　金糸雀さんが動かぬ証拠を持ってるとか、自前のハッカーさんが控えているとかぁ」

「わたくしとしては、むしろ超危険人物でマークされまくっている第五位のあなたがここにいる事が大きな災いを呼び込んでいるように思えますけれど!!」

真実についていちいち確かめている暇はない。

[illegible]一斉公開のカウントダウンを進めている初春飾利の

さらに言えば、できれば夕暮金糸雀と爪羽鶏の姉妹を怪我させるような展開は避けたい。

食蜂はリモコンの先に軽く口づけすると、並び立つツインテールの少女へ片目を瞑って、

「どっちが誰をやるとか決めておく？」

「余計にややこしくなるからあなたはそこでじっとしていてくださいませ!!」

音もなく『空間移動』で消える白井黒子。

動きから見て、彼女はメイドかシェフに狙いを定めたらしい。

常盤台の女王はそっと息を吐いて、

（……あら、この状況力で第五位のレアリティにすがろうとしないだなんて、これも『風紀委員』としてのプライドかしら？　ほんと、御坂さんの隣に置いておくのはもったいないんだゾ）

とはいえ、それでズタボロにされていくのを黙って見るのも癪だ。

ああいう正義の塊が傷ついていくところをただ眺めるのは、もう真っ平だ。

「あっ、あああああたしだって戦え戦えますよあたしマジで!!　ほらええとバットとか渡してくれればすぐにでもっ」

「あなたはハッカーさんを守る最後の砦って超重要ポジションでお願いね☆」

相手の能力も見えていない内からうっかり暴走して正面から突撃しかけた誰かさんについて

はちょっと『心理掌握』で黙らせておく。……頑張る無能力者から傷ついていくなんて話だけは絶対に嫌だ。

「さて」

食蜂操祈は適当に呟いて改めて振り返る。

ざり、という靴底を路面に擦りつける音。対するのは弁護士だ。

「お初にお目にかかる、第五位」

「はい、はい。そういう前フリとかどうでも良いわぁ」

なんか長々とした自己紹介とか始まりそうな香りがしてきたので食蜂操祈は面倒臭そうに手をひらひら振って遮った。

身の程知らずが、学園都市第五位相手に今さら言葉で何を飾れば上回れると思っている。

それができるのは言葉や数字に惑わされず行動で示した者だけだ。

「この私と不用意に衝突した時点で」

口づけしていたリモコンを、離す。

突きつける。

「良くも悪くもあなたが人の心とやらを持って動いている時点で」

前に。

学園都市でも七人しかいない超能力者、その第五位。

『心理掌握』を舐めてくれるなよ。

## 18

もはやレザネリエ側としても、遊んでいられる場合ではないのだろう。

向こうにとっては御坂美琴なんてイレギュラーなトラブルでしかないのだ。より優先度が高いのは真実を知る夕暮金糸雀、美琴なんかさっさと叩いて部外者の初春ともども狩ってしまいたいと考えているはず。

『学舎の園』については情報ネットワーク含めて全部レザネリエ側が掌握しているにしても、美琴の能力があれば強引にセキュリティを貫いてデータの一斉送信くらいはやりかねない。この『独立』に致命的な問題があると暴露された場合、五つのお嬢様学校の生徒達がどっちに傾くかは予測がつかなくなる。

故に、いきなり来た。

銀。

暴風。

ただでさえ美琴を圧倒するハルバードの技術と破壊力を殺人的にブーストする、副作用として入念に『準備運動』をしなければ己の肩の関節すら外しかねないあの能力だ。

だが、

「分かっていれば」

「っ？」

「アンタの能力は、怖くないッッッ!!!!!!」

真下から爆発があった。

美琴が水道管を磁力で引きずり出して破壊し、噴水のような水の壁を間に立てたのだ。

無理矢理に武具の速度を上げる能力。

であれば逆に、美琴側から減速材料を与えてしまえばブースト効果は相殺される。通常速度のハルバードなら、全身のマイクロ波レーダーを活用すればギリギリで美琴にも避けられる。

ヒュカッ!!　と空気を裂く音があった。

しかし首を振って横薙ぎの斧をかわした美琴は、すでに後ろへ大きく跳んでいる。

「準備運動？　口振りだけは余裕っぽいけど、本当に『それだけ』だったら敵の前で始める馬鹿なんかいないわ。最初の戦いでいきなり能力込みの必殺を使ってこなかったのは、アンタと

[illegible]だから私からできるだけ多くの攻撃方法やクセを引き出し

から必殺モードに入れば安心して勝てるかを調べておきたかった」

「……、」

「アンタの能力は強大だけど、時間に縛りがある」

美琴ははっきりと言った。

「屋上での戦闘後には、ご自慢のハルバードが赤く錆びて崩れていったって話よね？　つまり錆を操る念動力がアンタの能力の正体なんでしょ。いったん発動すれば人間の限界を超えて、持ち主の肩を外すほどの速度で暴れ回るけど、でも、使った武器は必ず急激に錆びて壊れていく。時間は五分？　一〇分？　戦っている最中にイレギュラーな事が起きて予想外に時間が長引くと、ボロッと崩れてアンタは武器を失ってしまうって訳」

「……『赤色支配（クリムゾンマネージャ）』」

「その威力だと強能力（レベル3）って感じじゃなさそうね、武器だけじゃなくて鉄筋や鉄骨をあの速度や勢いで自由に引っこ抜けるなら銀行の金庫室とか軍艦とか壊し放題だろうし。そうなると、黒子と同じ大能力（レベル4）にまで達しているかしら」

でも、と御坂美琴は付け足した。

「超能力者（レベル5）にまでは、届かない」

ガカァッツッ!!!!!!　と閃光が炸裂した。

懐から取り出したゲームセンターのコインを射出しようとしたのだが、加速される前に金属製のコインが錆びて崩れたらしい。オレンジ色の閃光は一本の安定したラインにならず、レザネリエの右手側へ扇状に広がり、消えていく。

不発に終わったタイミングで、レザネリエが再び突っ込んでくる。

美琴は『砂鉄の剣』で応じようとするが、

(チッ、コインも砂鉄も『錆びる』か!! いまいち有効距離がはっきりしないわね!!)

ならばそれでも構わない。

錆びる。急激であれば、酸化現象は発熱を伴う。携帯カイロなどが良い例だ。よって美琴の方からさらに摩擦を高め、いっそこちらから砂鉄の塊を一気に発火させてしまう。

炎の壁を直接レザネリエに叩き込む。

ゴッガッッッ!! と鈍い音が連続した。

レザネリエの体が真後ろに吹っ飛んで二回、三回と地面を転がり、美琴の方も制服の肩の布をハルバードの鉤で抉り取られていた。あと数センチずれていたら耳を片方毟り取られていたところだ。

未だにハルバードを手放さず。

おそらくそのこだわりのせいで転がった時に己の刃に薄く裂かれたのだろう。額から赤を散らしながらふらふらと起き上がり、レザネリエが呟く。

「……われわれは、東欧タイヤライン皇国の君主」

「だから？」

「分からんか。そなた達と違って、いつかは元の国に帰らねばならぬ身分の者よ。であればこの脳を開発して作った学園都市製の能力は、一体どうなる……？」

「……、」

それが核心か？

何年もかけて丁寧に作ってきたご自慢の能力だが、母国にそのまま持ち帰られると学園都市としては困るはずだ。だから留学を終えれば大人達の都合で潰される。能力開発にまつわる機密保持のため『何か』が起きる。それを拒むために、自分の能力を奪おうとする大人の教師や研究者を排除しようとした？

そこまで考えて、美琴はそっと首を横に振った。

ハルバード。

制服のスカートの下に穿いた乗馬ズボン。

もっとパーソナルな問題を深掘りするための材料は、常に美琴の前でチラついていた。

「馬上戦闘部の部長」

「っ？」

「手綱を握りながら戦うために片手一本で巨大なハルバードを操る術を学び、制服の下には今でも乗馬用のズボンを愛用している。その割に、足りないものがあるんじゃない？」

つまりは、

「アンタの愛馬はどこに行った訳？」

「ビストリオなら練習中の事故で脚を折ってそのままリタイアしたよ。遺伝的にもさほど価値はなくてな、あやつは種馬として生き残る事もできなかった」

19

虚空（こくう）から虚空（こくう）へ。

連続的に『空間移動（テレポート）』で跳躍を続ける白井黒子（しらいくろこ）にとっては、あらゆるものが味方になる。例えば宙を舞う木の葉やビルの壁にあるわずかな突起だって力強い足場となってくれるのだ。にも拘（かかわ）らず、彼女は防戦に回っていた。

そう。『空間移動（テレポート）』は直接的な防御には使えない。相手の攻撃を警戒する時こそ縦横無尽に飛び回って回避に専念するものなのだ。

というのも、

[illegible]ってしたいなら、どうぞご自由に」

離れた場所から的確にこちらを狙ってくるのは、シェフの服装(コックコート)で身を包む陰気な少女だった。ぼそぼそと口の中で話しながらも、目には見えない衝撃波の塊を次々と投げ込んでくる。それらは白井が消えた直後に空間全体を抉るようにして背後のビル壁を大きく陥没させていく。

目に見えない、というのは厄介だ。

ぶっちゃけ風に舞う木の葉が押し潰されなければ、初見でそのまま殺されていたかもしれない。

空気を操る能力者なら婚后光子など他にも色々いるが、こいつはどうもそういうのとは違うようだ。さり気ない動きを織り交ぜ、手の中で何かを擦る動作を隠している。

摩擦。何かを熱して能力の起点としている。

「……つまりやっぱり爆発系ですわよね？」

「ちっ違うもん!!　他にも可能性は色々ある訳でしょ!?」

どうやら本人的には能力の秘密を隠しておきたかったらしいが、一度疑惑を持たれた段階から迷彩を仕掛けても手遅れだ。

白井黒子自身は『空間移動(テレポート)』という、見れば分かる隠しようのない能力を使っているためそういう感覚は摑みにくいのだが……まあ、能力の正体をできるだけ隠しておきたいという考えの持ち主もいるだろう。

「となると可燃性のガスかエアロゾルを、いいえ、そもそも燃焼ガス自体はどんな物質を燃やしたってわずかに出るはずですから、その辺を増幅させる……。つまりどんな物体を燃やしても大爆発を起こせる大変便利で危ない爆発系の能力、と」

「ちっ違い違う違います!!」

そもそも爆発とは、燃焼によってガスが膨らむ現象を指す。俗に言う火薬だの爆薬だのはそれがあまりにも急激なため、目には見えないほどの速度で物を押し出して破壊する力へと化けているだけだ。

紙でも木でも、何を燃やしたってわずかな燃焼ガスは発生する。

その速度を一〇〇倍、一〇〇〇倍、あるいはそれ以上に加速させる事ができたなら。

「何その洞察力『書庫（バンク）』とかでカンニングしてるんじゃないでしょうね!?」

「あっ、そうですの素顔丸出しなんですから風紀委員（ジャッジメント）権限（けんげん）で正式に『書庫（バンク）』の直接検索をかければ答えなんかすぐに……」

「わーっ!!　あーあーあああああああ!!!???」

もう涙目で叫んでいた。

どうやら異能力騙（だま）し合（あ）いバトルの禁句を突いてしまったらしい。暇な犯罪者の謎解きにいちいち付き合ってくれる捜査機関や治安維持組織があったら見てみたいものだが。

こごごしごナのバカでも能力は本物だ。

「かっ！」

「め、眩暈がしてきた？」

目には見えない。

だけどそれは重要ではない。

確かに白井黒子は攻撃を浴びていたのだ。

「圧力鍋を使うだけでも料理の味は変わるわ。高い圧力をかけると元々の浸透圧を無視して調味料の味をお肉の中に染み込ませられるの……。ふ、ふ。ざっと一〇〇〇気圧ほどの爆風でミスト状にしたお酢を扇状に発射すれば、皮膚の防御を無視して血管に直接注入する事が可能になるわ」

「お……？」

「お酢。つまり濃度三％の$CH_3COOH$。ああ、あと数秒で全身くまなく地獄の激痛に襲われるわよ？　けどまあ、アルコールじゃなかっただけまだ慈悲の心はあったつもりだけど」

もうこれ以上身動きは取れない、と確信を得たのか。

ビュン!!　とシェフは片手を水平に振るう。景色が揺らいだ。不可視だが、おそらく衝撃波を収斂させた二メートル大の『包丁』を形作っている。

その気になれば、ゾウでも真っ二つにできるほどの力を秘めた。

「……実を言うと、正義とか悪とか、そういうのって私はどうでも良いの。でも、あらゆるルールを無視できる自由な空間っていうのができたら面白そうとは思っていた。この街にある伝説は結局追い切れなかったし……」

「……？」

「こ、こんな事を言ってはいけないんでしょうけど、絶対ダメなんだろうけどさ」

にたりと笑って。

爆発によって発生する燃焼ガス、衝撃波を尖らせた巨大な『包丁』を手にして。

シェフの少女はただ告げる。

「私は、一度で良いから、人間を美味しく料理してみたい……」

弁護士の統御懸愛と第五位の食蜂操祈は静かに対峙していた。

そのまま二人の動きは止まっていた。

静かだった。

だけど何も起きていない訳ではない。

「物理感覚」

統御懸愛は囁いていた。

うっすらと笑いながら。

──……本来は些事に惑わされず我が君主に快適な時間を過ごしてもらうために扱う能力ではあるものの、攻撃的に使えばこの通り」

「……、」

「人の五感を潰すのに派手な閃光や爆音なんぞいらない。深夜のエレベーターですぐ後ろに知らない人が立ったら圧を感じるのと同じく、人の感覚は意外といい加減だ。時には確固とした五感を押しのけてでも意識を押し潰しにかかる。しばらく雪に突っ込んだ手が暖かさを感じる、同じ重さの物体が二つあってもサイズが大きい方が軽く感じる、とにかく何でも良いぞ？　自分自身のありふれた視覚や聴覚をも否定させるほどの『肉体的』な錯覚を、私は作れる」

反応はない。

食蜂操祈側は棒立ちのままだ。

「心を操る能力者」

反応がない事くらい分かっている。

「だけど、その能力を使うにはいちいちリモコンを向けて標的を指定する必要がある。お前の能力は、当たり前の五感に頼りきりだ。ならば『体』の自由を奪ってしまえば怖くない」

「──────、……」

「そして能力を取り上げられたら、お前の地金は凡人以下だ。好きなように殺せる」

そう言い切った時だった。

己の手の甲に小さな炎があった。

「っ？」

バッ‼　と慌てて自分の手を横に強く振ってから、気づく。

何だ今のは？

食蜂操祈の能力で物理的に火を点けるなどできるのか？？？

そして軽く辺りを見回した時には、すでに一面は炎の海に包まれていた。まるで二人を取り囲むような勢いで。

流石に気づく。

五感を惑乱されているはずの少女は、正面でうっすらと笑っていた。

「……幻覚だ」

無数の針で薄く刺されるような痛みがあった。

じりじりと肌を炙る感覚までリアルだ。

「何をされようが所詮はただの幻‼　こんなまやかしは怖くない‼‼‼」

大丈夫、と統御懸愛は己に念じる。

恐怖がもたらすショックにだけ気をつければ良い。

幻の中でどれだけ傷つけられようが、物理的には一切干渉できない。

「……」

あっさりと認めた。

「所詮はただの幻だゾ☆　現実には何も起きていない……」

そう言った食蜂操祈の下半身が蛇になっていた。

いいや鱗に覆われているがそれは魚のものだ。

弁護士が目を剝いた時には鱗を持つ脚は一二本に分かれてそれぞれが巨大な炎を纏っていた。

きめ細かい煤が互いにぶつかり合うのか、炎の中を太い紫電が横切っていく。

ぎぎぎみぢみぢみぢ、と。

圧倒的に膨張していく美しき怪物が上からこちらを睥睨する。

両手を頭の後ろにやって自身の体を見せつけて、小さく舌を出して片目なんか瞑って。

見上げるしかない弁護士の全身から汗が噴き出した。

「……だけどあなたに、偽りの迷宮力を抜け出す事はできるかしらぁ？」

四人の家臣の一人。

メイド服に身を包んだ恋歌エフィルティはそこに狙いを定めていた。

食蜂操祈。

確かに学園都市第五位。真っ向勝負で戦っても打ち破る事は難しいだろう。

しかし誰が一対一などと言った？

あと何秒で屈するかは不明だが、弁護士の統御懸愛(とうぎょけあ)は『心理掌握(メンタルアウト)』を個人戦に集中させただけで十分に勝ちだ。何しろ相手は第五位。本来なら集団戦でこそ最大の効果を発揮する精神系能力を、一対一で使い切らせただけで僥倖(ぎょうこう)過ぎる。後は拮抗(きっこう)して棒立ちになった食蜂操祈(しょくほうみさき)の側頭部にでも、こちらから風穴を空けてやれば良い。

恋歌(れんか)エフィルティならそれができる。

ぐっと体を沈めて、改めて一歩。

ツッッドン!!!!!! と、それだけで空気を引き裂いてメイドの体が矢のように前へ飛ぶ。地面すれすれ、一メートル未満の高さを滑るように。研究者の話では地面効果翼らしいが、彼女自身はトビウオをイメージしていた。

『効果飛翔(フライレーシング)』。

髪の中に仕込んだエクステ、あるいはメイド服の形を整えるためのワイヤー。

とにかく硬い樹脂を自在に操って巨大な翼を作る強能力(レベル3)。

強能力者(レベル3)では超能力者(レベル5)の足元にも及ばないのは分かっている。そして自分の地力が足りていない事なんぞ心の底からどうでも良(い)い。

そもそも、だから求めたのだ。

最宜であれ。

一度に三段飛ばしなんて考えるな、ひたすら一つ一つを積み重ねろ。

非効率を極めて損な生き方をしようが、誰よりも素早くそれらが実行できれば一番の近道になるはずだ。たとえ地力が弱くても自分のミスを誰かが拾う前にこの手でリカバリーしてしまえば、それはミスとはカウントされないのだから。

（最大滑空速度は時速換算で一一〇〇キロ。私の体重は五二キログラムですから、腕の一本でも犠牲にすれば第五位サマの頭くらい風穴どころか丸ごともぎ取れますう……ッ!!）

「あらまあ。速度が遅いというより、生き方が不器用なのね。あなた」

「っっっ!!!???」

いきなりすぐ横から囁（ささや）かれた。

というか、ついてきている。常時スーパースローの呪いがかかったような顔をしている常盤台生（ときわだいせい）が同じ速度を生きている!?

「私の能力は『完全消毒（ミクロダイイング）』。まあまあ。カビも細菌もバクテリアも、ありとあらゆる微生物を触れただけで死滅させる、それだけの力」

そんな能力では亜音速を出せるとは思えない。

だが違う。

「そして知っている？　ある種のカビでも胞子でも、乾燥や酸素を嫌う微生物は粘質物を作って自分の体を守ろうとする習性を持つんだよ。まあまあ。私はただ、触れたものから特定の微生物だけを選んで生き残らせるだけで、地面でも壁でもスケートのように滑る移動方法を獲得できる。例えば、自分の靴底とか足場とか」

「……、」

汗でびっしょりになった。

皆殺し、だけではない。選り分けて殺す機能付き。

彼女が本気を出せば生物兵器もそのワクチンも自由自在に作りたい放題だ。

勝てない。

曝露状態でこんな化け物女と戦闘する事がそもそも致命的な敗北の始まり。

だが食蜂操祈はすぐそこだ。たとえ個人としては勝てなくても、棒立ち状態の無防備な彼女に最高速度で体ごと突っ込む事ができたなら。

「届けっ……」

我が君主のために。半人前一人の命で一騎当千の天才を削り殺す事ができるのならば。

それだって、十分に。

「構いません!!　私の『勝ち』ですうっ。届ツッツけえええええええええええええええええええええええええええええええええええええええええええええええええええええええええええええええええええええええええええええええええええええええええええええええええ!!!!!!」

「ダメよ一

そっと差し込まれた。

あと一キロでも、一メートルでも、一センチでも、一ミリでも。

届かなければそれまでだ。

もう一人の少女の手が伸びる。

「この私の、手の触れられる範囲まで踏み込まれた事。まあまあ。それだけで、無数の微生物に守られたあらゆる生命は私のもの」

「……ッ!!」

知らないのか。

夕暮金糸雀の能力はヤバくて、常時スーパースローの呪いがあって、大きな事件の真相に触れてしまう、約束事にうるさい新聞部の一員だけど。

それ以前に。

い、い、い、い、
とんでもなく正義感が強いと『あの』御坂美琴に言わせた人物である事を。

「故に私はこう言う。この私が掌握した命は、絶対に無駄遣いなんかさせない、と」

派手にスピンしてメイドが車道と歩道を区切る植え込みに突っ込んでいった。だがそれだけではない。蜘蛛の糸のようなものに搦め捕られているのは、おそらく無害な粘菌の集まりだろう。それくらいなければあの速度の中で肉も骨もバラバラになっている。

食蜂操祈はまだ無事。

だがそれで構わないと会計士、算木逢は計算する。

（そのままやられたふりをしろっ。いいや、ふりじゃなくて良い。本当に瀕死であっても構わない）

損失が出るのを恐れてはならない。

それ以上に大きな利益を生み出すための呼び水にできれば問題ない。

重要なのは、最終的な帳尻を合わせられるか否かでしかないのだ。

（……『万能吸着』）

算木逢の能力は肌の毛穴にぴったりはまるよう、微細な繊維を毛羽立たせる念動だ。面ファスナーよりも強く。普通に布で縛るより負担もなく肌に吸いつきつつ普段より多くの空気を蓄えて反応させるため、包帯や絆創膏による止血効果が圧倒的に高まる。能力は切るのも自由なので取り除く時にも苦労しない。

もちろん骨折などには対応できないが、たとえ厳密には回復していなくても、強引にでも体が動く条件を揃えて戦線復帰させられればこちらのものだ。

今動ける敵と味方の数を誤認させる。それが彼女の持つ最も有効な戦術である。

（つまり倒したと思って『退場した人物』こそ私には最大の切り札。隠れてこっそり仲間達を復帰させてしまえば、油断した勝者どもの死角を一方的に独占できる。それで逆襲は十分に可能!!)

その時だった。

何かが立ち塞がった。それは小さな影だった。たった一二歳の少女は会計士を睨みつけていた。怒りがもたらす極度の緊張と興奮のせいか、誰も殴っていないのに小さな鼻から血を垂らしていた。

姿形に不釣り合いな、低い声があった。

「……どいつもこいつも、いい加減にして」

親指で赤を拭って。

変化があった。

世界はグロテスクに埋め尽くされた。

ちなみに、一粒の血の珠に含まれる白血球は五〇〇〇から一万辺りとされる。それらは一斉に二メートル大にまで膨らんでいく。

そして白血球とは本来、血液内にある異物を貪り喰って排除するための獰猛極まりない血中成分だ。

『血中肥大（マクロダイイング）』が、ここに開花する。

「あたしのおねえちゃんにッ!!　誰も意地悪するなあアアアッッッ!!!!!!」

そして一周回って、白井黒子とシェフの二人にも白血球の海が襲いかかってきた。

少女は増幅された燃焼ガス、『爆発膨張』の不可視の衝撃波を凝縮させた二メートルもの『包丁』を手にしたまま、

「なあっ⁉」

「そっち見てる場合ですの？」

冷徹な声。

ドスドスビスッ!!　と無数の金属矢がシェフの体に突き刺さる。

血の赤が散らばる。

今度こそ、信じられないものを見る目を向ける。あるいは巨大化した白血球の群れよりもおぞましい何かを見つけたような顔で。

白井黒子の演算に迷いはない。

何故？

全身の血管に化学式のはっきりした酢を送り込んだはずなのに。今すぐ人工透析でもしない限りショック死するほどの激痛の塊となっていなければおかしいはずなのに!!

「……わたくしの能力は『空間移動』」

「自分自身を含め、触れたものを三次元的制約を無視して飛ばす力、ですわよ？」

「がっ……。まさか、血中の異物を」

言いかけて、しかしシェフは自分で否定する。

「できない。あらゆる化学兵器や生物兵器を否定できるほど、あなたの力は強くない‼　そんな事ができたらあなたは死の灰すら克服した事になるんだし‼‼‼」

「ですわね」

とんとん、と白井黒子は己の後頭部を軽く叩いて息を吐いた。

いいや違う。

ちょっと待て。あれは何だ。

あの女。頭の後ろに、金属矢が刺さっている……？

「ですが頭蓋骨を外から圧迫して均等な頭痛を生み出す事で、他の痛みを擬似的に遮断してしまう事は可能ですわよ？　まあもちろん、たった数ミリしくじれば全身不随にさせかねませんけれど」

冗談じゃない。

頭蓋骨を圧迫する頭痛って、それはくも膜下出血に匹敵する人間の感じ得る痛みの中でも最大レベルの頭痛だろうが。自分の追い詰め方が普通ではない、どうしてそこまで目の前の戦いに専念できるというのだ!?

しかしそれ以上はなかった。

すとんっ!!　という小気味の良い音があった。

最後のシェフが真下に崩れ落ちていく。

額のど真ん中に金属矢が突き刺さったが、とはいえ目的は脳の破壊ではない。頭蓋骨ギリギリに留まった金属矢が刺さったまま細かく震える事で、その振動が彼女の意識を奪い取ったのだ。

白井黒子であれば、この精度で『空間移動』を扱える。

そして四人の刺客を倒してしまえば、もう誰にも止められない。

キッチンカーから顔を出した初春が、ＰＤＡを両手で持ったまま叫んだ。

「準備完了、いつでも一斉公開できます!!」

全てはそこに繋がった。

こちらの勝利条件はその一点だ。

20

傾いた。

あれだけ無敵を誇っていたレザネリエ＝サディス＝ダイヤラインの体が、それだけで。

愛馬。

どこにもいないビストリオ。

恐るべき君主がわざわざ自滅的な行動に『学舎(まなびや)の園(その)』全体を巻き込んだ、本当に本物の行動の源泉。

「医療機器を取り除いて、やってきた獣医も追い返して、安楽死すら許さずにただ苦しんで息を引き取っていった……」

常盤台中学(ときわだいちゅうがく)の校庭だった。自らの笑みを激情で引き裂いて、とある少女が吼(ほ)える。

どんなものであれ、世界で一番大切な宝物を理不尽に奪われた人が。

「それを見た時、わらわも思った訳じゃ。そうじゃ、人間だって関係ない。治療の費用と遺伝子の売値？　大人の都合とやらが間に挟まれば、掛けたコストに結果が見合わなければどこの誰だって『こう』なるとな。じゃからわらわは、自らの身を守るために皆へ独立を持ちかけた!!」

「……、」

御坂美琴(みさかみこと)はもう、首を縦にも横にも振らなかった。

ただ、愚かだなと思った。

……自分の命よりも大切にしていたパートナーを先生達は守ってくれなかった。試合に使えない以上は学校の中で治療やリハビリなんかに時間をかけたってコストに見合わない、子供の言うこだわりでしかないんだから、という理由だけで部活の顧問を中心とした教師陣はレザネリエの許可もなく勝手に愛馬の命を諦めてしまった。それが憎くて、哀(かな)しくて、どうやっても自分の感情を抑えられなくて。

だから。

そのために戦うという事が。

己の命を懸ける理由にならないとでも思っているのか？

そんなきっかけでは誰もついてきてくれないからと一人で勝手に諦めて、自分の胸の真ん中にあったはずの本当の正しさを嘘(うそ)で塗り潰してしまったのか？

ディベート大会の代表達は、『学舎の園(まなびやのその)』を天空へ切り離して独立させるだなんて馬鹿げた計画さえ乗ってくれたのだ。きっと正直に打ち明けたって一緒に戦ってくれただろうに。

そっちの方が、喜んで死力を尽くして戦ったはずなのに。

「……私には、『学舎の園』を大空に飛ばして独立させるだなんて馬鹿げた理由よりも、たった一つの大切な命を奪われた事実を受け入れられずにどうしても先生達相手に仇を討ちたいって地に足のついた理由の方が格好良くて、サマになっているって思うわよ」

「ッツッ‼⁉⁇」

それ以上の言葉はなかった。

唇を噛む音がここまで聞こえた。

キュガッ‼　と空気を引き裂き、目には見えないほどの勢いでハルバードが迫る。どこまでも真っ直ぐな、強烈な突き。対して美琴は身を翻し、身に着けていたブレザーを自分から脱ぎ捨ててわざと引っ掛けさせる。

というより、ハルバードの複雑な刃をまとめて包み、こちらから搦め捕る。

「なっ⁉」

「槍、斧、鉤。突く、切る、引きずり倒す。多種多様な攻撃に対応して習得には困難を極める複雑な形状のハルバード」

ぎっ‼　と巻きつけた布を美琴は左手で強く引く。

綱引き状態になってしまえば、レザネリエ側もハルバードを振り回せなくなる。そして重たい武器はすべからく、大きく振って可動の距離を稼がないと十分な威力は生み出せない。

例えば刃物といっても、上から落とした紙が刃に触れただけで二つに切れる日本の名刀とは違うのだ。

巻きつけ、何重にも絡めれば、制服の布地も切り裂けなくなる。

切れない刃は怖くない。

「でも逆に言えば、こっちからわざと攻撃を当てればアンタの意図しない突起に引っかかってしまう、という『事故』も起こり得るわよね？　何しろハルバードは扱いにくい武器、って言ったのはアンタでしょ。そして槍、斧、鉤、どこに布が引っかかろうがハルバードという塊全体が動きを止めてしまうのは変わらないはずよ!!」

キン、と美琴は右の親指で何かを弾いた。

ゲームセンターのコインだった。

ハルバードの動きは封じられた。だけどそれは、『赤色支配』まで失われた訳ではない。

「そんなもの……ッ!!」

「ええ、できれば全力で使って欲しいものだわ。アンタの能力を」

敬意を表して躊躇なし。腕を伸ばし、動かないハルバードと交差させるように美琴は狙いを定める。そのまま叫ぶ。

「超電磁砲。[illegible]ボコボコにして標本化でもしてもらわなくちゃ、こ

[illegible]を死なせかねないからねえッッッ!!!!!!」

爆音と衝撃波が。

高度五〇〇〇メートルに浮かぶ『学舎の園』全体を、激しく揺さぶった。

# 終章　四人の少女達+α

御坂美琴（みさかみこと）は校舎の窓から外を眺めていた。

常盤台中学（ときわだいちゅうがく）は今日も『学舎の園（まなびやのその）』の一角を占めている。もちろん謎の天空都市とかではなく、きちんと第七学区の敷地（しきち）で地に足をつけて。

君主のレザネリエが撃破された事で、全部瓦解（がかい）した。ディベート大会の代表という形で彼女に協力してきた者達さえ『本当の目的』は把握できていなかったのだから、負け戦に状況が傾いた後までモチベーションを長く保てるはずもないか。

「しかしまあ、何とかなるものなのね」

「なぁにい？　御坂（みさか）さぁん」

バチッ、と二人の間で小さな火花が散る。

「片っ端から記憶を操作してあれだけの大事件を丸ごと消し去っちゃうとか、いよいよアンタの『心理掌握（メンタルアウト）』が邪悪の塊みたいに見えてくるんだけど……」

「『外装代脳（エクステリア）』もナンにそこまで大雑把なコマンドは実行力できないわぁ」

「……やってる事は一緒じゃん」

「過程をきちんと考えないで結果力ばっかり求めるから、御坂さんって短絡コース一直線のお子様思考なのよねぇ？」

実際、食蜂操祈が操作したのは学園都市二三〇万人や地球人口七〇億人分の記憶ではない。

何人かの専門家、及びネットのインフルエンサー。

……『学舎の園』五校が共同で行った保有技術誇示のためのサプライズイベント、という形に収まっていた。ライバル校の長点上機や霧ヶ丘を圧倒する目的での大型実証試験だった、と。

それだけで、人は納得してしまう。

というより美琴の目には、自分の判断基準を守りたい多くの人々が安易に説明のつく理由を提示された結果、藁をも摑む感覚で殺到しているようにも見えるのだが……。

（この場合はむしろ『学舎の園』が丸ごと浮かび上がる、なんていうとんでもないスケールが追い風になったのかな）

食蜂は片目を瞑って、

「そういう御坂さんこそ、カメラやセンサーなんかの電子的な記録は全部改ざんしてしまったんでしょう？　私としては元から結構いい加減な人の記憶よりも、そっちを自由力にいじれる方が怖いけどぉ？」

「ミサカネットワークもナシにそこまで大雑把な事はできない。アレは全体で『妹』なんだから、姉の私が勝手に繋がるのは筋違いな気もするし。ていうか全世界にあるコンピュータやモバイルの総数って、もう地球人口七〇億より多いのよ？　全部操るとか無理、そりゃ半導体不足にもなるわ」

「……やってる事は一緒でしょぉ？」

「専門外の分野についてはテキトーに分かったふりして思考を停止させちゃう辺り、むしろアンタも同じ中学生だなーって感じて可愛げあるわ」

美琴側がいくつか操ったのは、むしろ常盤台中学の内部サーバーだ。

『学舎の園』の外からやってくる大人達の調査によって『そういうサプライズの計画書』が奥の奥から見つかれば説得力の補強になると思っただけ。

人は簡単に騙される。

そして騙されたくない人達は『一枚めくった世界の裏側』を求めたがる。

その奥に何枚も何枚も『裏』が続いている可能性を考えもせずに、自分の力で一枚めくってしまえばそこが世界の底の底だと思い込み、安心して引き返してしまう。

この二人が揃えば完全犯罪も容易い、とはどこかの誰かさんの評価。

（……まさか『妹達』の『実験』絡みで、しかもあれだけ最悪な黒幕側から学ぶところがあ結構本気でうんざりして美琴は顔をしかめる。

レザネリエの使っていた拡声器には痒み成分を使って化学的に聴衆の感情を操作する機能があった、というのもプラスに働いたようだ。

どうも、まるで夢でも見たように、自分達のしてきた事に現実味が得られないらしい。

とはいえ、むしろこれだけの大事件が起きてもいつも通りの生活が続いてしまう学園都市の『柔軟性』みたいなものが彼女は怖い。もちろん今はそっちの方がありがたいんだけど、でも大量のクローンがあちこちで無慈悲に殺害され続けていても表通りの誰も何も気づかなかったあの日を美琴に思い出させるから。

気をつけなければならない。

人は、自分にとって都合が良いケースに限ってあらゆる理不尽や不条理を無抵抗に受け入れてしまう節がある。究極的には美琴や食蜂が扱う超能力そのものも『そう』と言える。当たり前にできてしまう彼女達にはもう実感もできないが、使えない普通の人から見ればこれほどの理不尽もないだろう。

言うまでもなく、諸刃の剣。

不条理の行使に慣れてしまえば『暗部』でくすぶっていた研究者どもと同じ人種に転がり落ちてしまう。実際、学園都市の暗がりではそんな超能力者を何人も見てきた。

（……ま、生徒と教師の間で軋轢が残らなかっただけでもマシか）

記憶なんていい加減なもの。

人は客観的な『当たり前』を強く突きつけられると、そこにすがってしまう。ケータイの漢字の変換候補に知っている文字がないと、ああ自分の頭の方が間違っていたのかと思い込みたがるのと同じように。

食蜂がピンポイントで操って崩していったのは、そういう基準を担う人気者達。美琴が差し込んだのは彼らの言葉を裏付けてしまういくつかのデコイ文書。

処刑するだのしないだの、あんな記憶が残留していたらまともな学校生活なんぞ望むべくもなかったはず。だから『そこ』を含めて、お嬢様達も教師陣もこう結論づける。

『学舎の園』が大空を飛んだのはそういうサプライズだった。

お嬢様達の有罪コールは特殊な条件下で行われた心理学の集団実験で、あくまでも合法的なゲームに過ぎなかった。

ただ自分は知らされていなかっただけで。

真実は間違いなく『そう』だった、と。ギリギリで首を吊られるところだった女教師さえもそんな結論で納得する。何故ならそっちの方がありがたいから。

事前に誰一人としてそんな話を知らなかったとしても。事後の説明を聞いてしまえば、遡って記憶の整合性を自分で調整してしまう。

「どうせここまで派手に改ざんしているんだし、いっそ愛馬関係の記憶を丸ごと消しちゃうのが救いとしては一番簡単なんだけどねぇ」

適当に息を吐いて。

一転。べっ、と小さな子供みたいに食蜂は舌を出した。

「でもそれは何となくやだ」

「……アンタにしては良い判断だわ。救いはないけど、でもレザネリエさんはアンタに感謝していたわよ」

「いつの間にか呼び方変わっているわねえ。くすくす、レザネリエさん？」

「戦う理由がなくなればね（……あとまあ、全部分かっちゃえば悔しいけどちょっとだけ格好良かったし）」

「はあ、御坂さんってつくづくそういう危なっかしいエース様よねぇ？」

「アンタもでしょむっつり熱血女王」

ごきげんようごきげんよう、ですわですわおほほー、という放課後の賑やかな声を美琴は耳にしつつ、

「……しっかしいくつかの条件さえ揃ってしまえば人間って『ああなる』のよね。お嬢様っておっかないわ」

「おはようからおやすみまで分単位のスケジュールで管理されて礼儀に作法に学力に能力にとあれこれ口出しされて、挙げ句に美しくあれーだなんて赤の他人の美的感覚を押し売りされるのよ？　ストレス溜めるなっていうのが無理なのよぉ。しかもおっかないのは、大半のお嬢様は自分のストレスに自覚力をしていないし、その解消方法も確立していない。だから外から針でつついてほんの小さな穴を空けるだけで、一気にドバッと出てくるって訳ぇ」

「アンタはお気楽そうね、食蜂」

「御坂さんも悩みがなくてウルトラ幸せそうねぇ」

ともあれ、最低限の情報共有はこれでおしまいだ。

二人の超能力者は互いに背を向けて、それぞれ廊下の反対側に向けて歩き出す。実際、美琴や食蜂も他のお嬢様と大して変わらないのだろう。だけどレザネリエ達の口車に乗らなかった理由は簡単で、自分のストレスを自覚して、だからこそその解消方法も自分の手で作る事ができていたからだ。

だから外から針でつつかれても、大したものは出てこなかった。

「さて」

（……きちんと『学舎の園』を元の場所へ不時着させた一番の功労者、婚后さんにはマジで頭下げないといけないし）

[illegible]売るつもりらしい。具

[illegible]してもやりたい事があるという話か。こちらについては美琴にどうこうできる話でもない。事情に関係なく実力が足りていれば合格するだけだ。

携帯電話で連絡を取って、ひとまず婚后航空の娘さんと待ち合わせの場所を決める。どうやらいつもの水泳部の二人もそっちにいるらしい。

「やる事やったし、それじゃあみんなを誘って遊びにでも出かけますか」

白井黒子と合流する。

「お姉様っ」

そのまま『空間移動』を使って学校の外へ。五つのお嬢様学校をまとめた『学舎の園』を出てしまえば、その先は第七学区。

「あっ、来ましたよ。御坂さぁーん!!」

「そういや御坂さん、青いゲコ太ってウワサ知ってます？　これはもう釈迦に説法かもしれませんけど」

待っているのは初春飾利と佐天涙子だ。同じ学区の中にはさっき待ち合わせの話をした婚后光子達もいるはず。

キン、と美琴は親指で何かを弾く。

それはゲームセンターのコインだ。

「まったく。退屈しないわね、この街は」

# あとがき

今回は『超電磁砲』一五周年という事でお祝いです、なのでこういう形になりました。何するどうする？　のスタートの段階でストレートエッジさんから大王さんへ丸々一冊小説もやっちゃおうぜ！　という楽しい提案があったみたいです。という訳でついに電撃文庫で『超電磁砲』が書ける!!　冬川さんと大王編集部の皆様に感謝です!!!!!!

鎌池和馬ですよ。

いきなり内情をお話ししますと、実は当初は四章部分だけで丸々一冊やりたい、という企画だったのです。一章、二章では絶対に安全なはずのお嬢様エリアで消えてしまったお姉ちゃんを捜し回る話をやって、三章、四章で『学舎の園』が浮上してのサバイバルディストピアバトルでクライマックス、という流れですね。ところがいつもの編集サイドから『どうせやるなら御坂、白井、初春、佐天でそれぞれ一章ずつ担当のオムニバスを』なる指示がありまして。はっはふう!?　そんな訳で構成を一から練り直しでございます。……自分でも驚きですが、や

　しかしまあ、修正作業も兼ねて改めて今回の原稿を読み直してみるとやっぱり風紀委員(ジャッジメント)がとにかく便利。おかげで常盤台(ときわだい)の物語という以外にも、風紀委員(ジャッジメント)の活動を追いかけているようにも見えるかもです。四人一組ガールズで軽く刑事モノとか鉄板てんこ盛りかよう（何しろほんとに一番初期の『幻想御手(レベルアッパー)』関係のプロットだと佐天(さてん)は被害者枠として確立していたんだっけ？　それとも象徴的な被害者として冬川(ふゆかわ)さんが漫画にする段階で新しく枠を確保したんだっけ？　というくらいなので、四人一組でここまでかっちりハマるとは特に思っていなかったんですよね。やっぱり実際に漫画として完成させた冬川(ふゆかわ)さんや世界を広げてくれたアニメスタッフの皆さんはすごい訳でして）。ただそういう見方だと、専属の用心棒である帆風(ほかぜ)を連れて巨大組織を取り回す食蜂(しょくほう)は属性的にはギャング側に近いのか……？　レイヴィニア＝バードウェイ辺りと比較してみるのも楽しい頭の運動になりそうですね。

　『超電磁砲』生まれ（？）の食蜂操祈(しょくほうみさき)、今回は何ヵ所か美琴(みこと)の口から女狐(めぎつね)と言わせています。何となくですが、自分の中では食蜂(しょくほう)の動物イメージは猫でも犬でもなく狐(きつね)なんですよね。キホン美人で本音は明かさず誰でも彼でも化かしまくりだけど、でも妙に義理堅いので約束はきっちり守るぜ！　といったような。

　……しかしむしろ、こういう話は美琴(みこと)って動物で言ったら犬系？　それとも猫系？　などの方が結構見る人によって意見が分かれてしまって安定しなくなりそうな、とも思います。個人的な意見はあるのですが、これについては確定させず皆様にお任せしようかな、と。あるいは主人公にヒロインにと、色々な側面があるから面白い人物なのかもしれませんね。

　レザネリエ＝サディス＝ダイヤラインについては『常盤台には本物のお姫様なども受験にやってくるが、実力が足りなければ容赦なく落とす』という設定があったのでそちらを活用しています。幸運にもすでに『超電磁砲』を始め、いくつかのスピンオフやメディアミックスで常盤台中学の内側は描かれているのですが、本当に本物のロイヤルお嬢様ってそういえばまだ出てきていないような？　と。美琴とかち合うボスキャラとして箔をつけるのにも都合が良いので、そのように。皇国、公国、王国などの分類は結構悩みましたが、今回は皇国を選んでいます。

　能力は割とすんなり決まったのですが、何しろ美琴と真正面からかち合って圧倒しないといけないキャラなので、武器は何持たせようかな？　で色々悩んだ娘です。結果『名前だけなら有名だし見た目も格好良いんだけど、とにかく多機能過ぎるのが仇となってきちんと習得するのがメチャクチャ難しく、精鋭以外の一般戦力は匙を投げた』という真偽不明な伝説に惹かれてハルバードになりました。あのお子様ランチ的な『好きな武器だけ集めて合体させました！使い方は知りませんけど!!』と言わんばかりのてんこ盛り感がたまりません。

そういえば今まで自分の作品では『乗馬服を着たお嬢様』も出してこなかったような？　これまでとは一風変わった、でも確かに大切な命のために己の全てを捧げて戦いに赴いた強敵。どうか皆様に受け入れてもらえたらと願っております。

……あ、そうそう。乗馬服のお嬢様なら武器は鞭で一択だろ‼　という意見もあるかと思いますが、彼女にとって乗馬鞭は敵対者へ痛みを与えてねじ伏せるための武器ではなくパートナーとの優しい思い出がたくさん詰まった大切な遺品なので、そこだけはご容赦していただけますと。というか能力関係との相性が最悪でして、金属製の鞭を用意するにせよ、こればっかりは『錆びちゃったから頻繁に使い捨てる』訳にはいかんだろう、となってしまいまして。

イラストのはいむらさん、冬川さん、伊藤タテキさん、近木野中哉さん、山路新さん、乃木康仁さん、舘津テトさん、如月南極さん、担当の三木さん、阿南さん、中島さん、浜村さん、それから今回は大王編集部など関係各位の皆様に感謝を。学園都市には色々な側面があるのですが、今回はその変幻自在ぶりが特に凄まじかったと思います。何しろムサシノ牛乳と怒れるお嬢様方の有罪コールが一つの街で同居していますからね！　様々な美琴達に、章ごとにがらりとカラーの変わる世界観を皆様の手で描いてもらった事は感謝の念に堪えません。ありがとうございました‼

そして読者の皆様にも特大の感謝を。原作小説から独立したスピンオフ漫画のさらにノベライズ作品を書くためにメディアミックスしたアニメの映像や設定も参考にして、と行ったり来たりで一瞬頭がふわふわしてくる経緯のあるこの小説、でも面白そうだと思って手に取っていただき本当にありがとうございました。

それでは、皆様にはこの辺りで本を閉じていただいて。
次回もあれば良いなと（これぱっかりは結構本気で）願いつつ。
今回は、ここで筆を置かせていただきます。

そういえば茶道、華道、書道系のお嬢様も席が空いてるな。三姉妹とか？

鎌池和馬（かまちかずま）

## ●鎌池和馬著作リスト

「とある魔術の禁書目録①〜㉒」（電撃文庫）
「とある魔術の禁書目録SS①②」（同）
「新約　とある魔術の禁書目録①〜㉒　㉒リバース」（同）
「創約　とある魔術の禁書目録①〜⑥」（同）
「とある魔術の禁書目録　外典書庫①②」（同）

「とある科学の超電磁砲」（同）
「ヘヴィーオブジェクト」シリーズ計20冊（同）
「インテリビレッジの座敷童①～⑨」（同）
「簡単なアンケートです」（同）
「簡単なモニターです」（同）
「ヴァルトラウテさんの婚活事情」（同）
「未踏召喚：//ブラッドサイン①～⑩」（同）
「とある魔術のヘヴィーな座敷童が簡単な殺人妃の婚活事情」（同）
「最強をこじらせたレベルカンスト剣聖女ベアトリーチェの弱点①～⑦
その名は『ぶーぶー』」（同）
「とある魔術の禁書目録×電脳戦機バーチャロン とある魔術の電脳戦機」（同）
「アポカリプス・ウィッチ①～④ 飽食時代の【最強】たちへ」（同）
「神角技巧と11人の破壊者 上 破壊の章」（同）
「神角技巧と11人の破壊者 中 創造の章」（同）
「神角技巧と11人の破壊者 下 想いの章」（同）
「使える魔法は一つしかないけれど、これでクール可愛いダークエルフと
イチャイチャできるならどう考えても勝ち組だと思う」（同）
「マギステルス・バッドトリップ」シリーズ計3冊（単行本 電撃の新文芸）

**本書に対するご意見、ご感想をお寄せください。**

ファンレターあて先
〒102-8177　東京都千代田区富士見2-13-3
電撃文庫編集部
「鎌池和馬先生」係
「はいむらきよたか先生」係



本書は書き下ろしです。

電撃文庫

# とある科学の超電磁砲

鎌池和馬

2022年6月10日　初版発行
2024年10月5日　8版発行

発行者　山下直久
発行　株式会社KADOKAWA
〒102-8177　東京都千代田区富士見2-13-3
0570-002-301（ナビダイヤル）
装丁者　荻窪裕司（META＋MANIERA）
印刷　株式会社KADOKAWA
製本　株式会社KADOKAWA


ISBN978-4-04-914455-0　C0193　Printed in Japan

電撃文庫　https://dengekibunko.jp/

# 電撃文庫創刊に際して

文庫は、我が国にとどまらず、世界の書籍の流れのなかで〝小さな巨人〟としての地位を築いてきた。古今東西の名著を、廉価で手に入りやすい形で提供してきたからこそ、人は文庫を自分の師として、また青春の想い出として、語りついできたのである。

その源を、文化的にはドイツのレクラム文庫に求めるにせよ、規模の上でイギリスのペンギンブックスに求めるにせよ、いま文庫は知識人の層の多様化に従って、ますますその意義を大きくしていると言ってよい。

文庫出版の意味するものは、激動の現代のみならず将来にわたって、大きくなることはあっても、小さくなることはないだろう。

「電撃文庫」は、そのように多様化した対象に応え、歴史に耐えうる作品を収録するのはもちろん、新しい世紀を迎えるにあたって、既成の枠をこえる新鮮で強烈なアイ・オープナーたりたい。

その特異さ故に、この存在は、かつて文庫がはじめて出版世界に登場したときと、同じ戸惑いを読書人に与えるかもしれない。

しかし、〈Changing Times,Changing Publishing〉時代は変わって、出版も変わる。時を重ねるなかで、精神の糧として、心の一隅を占めるものとして、次なる文化の担い手の若者たちに確かな評価を得られると信じて、ここに「電撃文庫」を出版する。

**1993年6月10日**
**角川歴彦**